纳兰词

彩色图文版

（清）纳兰性德 著
张 权 注解

浙江工商大學出版社
ZHEJIANG GONGSHANG UNIVERSITY PRESS

图书在版编目（CIP）数据

纳兰词：彩色图文版 /（清）纳兰性德著；张权注解. — 杭州：浙江工商大学出版社, 2019.11

ISBN 978-7-5178-3526-4

Ⅰ. ①纳… Ⅱ. ①纳… ②张… Ⅲ. ①词(文学)—作品集—中国—清代②《纳兰词》—注释 Ⅳ. ①I222.849

中国版本图书馆CIP数据核字（2019）第225718号

纳兰词：彩色图文版

（清）纳兰性德 著　张　权 注解

责任编辑　田程雨
策　　划　鲍志娇
封面设计　尚上文化 · 海凝
责任印制　包建辉
出版发行　浙江工商大学出版社
（杭州市教工路198号　　邮政编码310012）
（E-mail：zjgsupress@163.com）
（网址：http://www.zjgsupress.com）
电话：0571-88904980, 88831806（传真）
排　　版　李劲松工作室
印　　刷　大厂回族自治县德诚印务有限公司
开　　本　880mm × 1230mm　1/32
印　　张　8
字　　数　175千字
版 印 次　2019年11月第1版　2019年11月第1次印刷
书　　号　ISBN 978-7-5178-3526-4
定　　价　68.00元

前言

翻开历史的长卷，在万里红尘中徜徉。三百多年前，那个让人扼腕长叹、伤感不已的千古奇才仿佛跃然眼前。那是一位白衣胜雪、风度翩翩、温文尔雅的公子；也是一个英俊潇洒、风流倜傥的少年才子。他自小天资聪慧，博通经史，工书法，擅丹青诗词，又精骑射，十七为诸生，十八举乡试，二十二岁殿试赐进士出身，后晋为一等侍卫，常伴康熙出巡，名动塞外。但是，他到世间只作了“惊鸿一瞥”，这个出身满族名门的富贵公子，永远地停留在了他的三十一岁。“别有根芽，不是人间富贵花”，他短短三十一年，看尽了这个世界的繁华云烟，爱恨情仇。终于，那颗清灵的魂魄，化身烟尘，一去无踪。

西风紧，夜阑珊，一抹月光，半盏清茶，翻开散发着阵阵墨香的《饮水词》，纳兰公子宛若就在眼前。他那白衣胜雪、绝代风华的容颜依稀可见，他微笑着执笔抒

意，目光清明透彻，眉宇之间聚着一抹化不开的哀愁。

纳兰性德生于清朝初年，叶赫那拉氏，字容若，既是著名词人，又是人间最忠诚的恋人，爱得毫无保留。他也是世上最坦诚的朋友，以性情而非权势去交结友人。他更是乱世中的传奇，在中国古代文学史上开辟出一片属于自己的疆域。他是集万千宠爱于一身却内心伤痕累累的清代词人。

纳兰性德把他一生的旷世情怀融入了字里行间，现存三百四十九首词。本书共分五个篇章，即《爱情篇》《友情篇》《塞上篇》《江南篇》与《其他篇》每个篇章都有一篇“导读”，意在使读者能够更深地解读纳兰容若，细细品味纳兰词的独特魅力。对文中艰深难懂的字词和典故，本书还附有注释、解析，以帮助读者理解词意，感受纳兰性德的内心世界和艺术世界，感受他的怅惘与深情。

目录

爱情篇 | 当时只道是寻常，回首时爱已成灰

友情篇 | 动人心魄的友情

塞上篇 | 雄浑郁勃的边塞风情，与唐朝一脉相承

江南篇 | 重温初恋般的江南“情结”

其他篇 | 纳兰与他的合欢树

爱情篇

当时只道是寻常，回首时爱已成灰

纳兰性德把他的词集取名为《饮水词》，他当初的意思是指“感情之事，如人饮水，冷暖自知”。只是，他的自知，未免有点后知后觉了。

纳兰性德，清朝第一词人，风度翩翩，文武双全。自幼与表妹青梅竹马，两小无猜。不料，最终他心心念念要与之共度一生的女子被招入后宫，他认为自己已经失去了毕生挚爱，从此心灰意冷。

不久，他因父母之命媒妁之言娶妻卢氏。他尽到了做丈夫的责任，心中却始终停驻着另一个人的影子。然而，婚后三年，卢氏难产去世，这给他的打击是始料未及的，他不知道三年中点点滴滴的相依相伴已经让她逐步走进了他的世界。他伤心欲绝，写了一首又一首的悼亡词。

人是懂得回忆的动物，寂寞只是因为失去。只是，很多事，当时只道是寻常。如果能让记忆丧失掉，那该多好啊！

卢氏死了，她走出了人世间，走进了纳兰性德的词中。

梦江南（昏鸦尽）

昏鸦尽
小立恨因谁
急雪乍翻香阁絮
轻风吹到胆瓶梅
心字已成灰

【注释与鉴赏】

心字：心字香，指饰印有心字形的香。

这首小令如同纳兰以往的作品一般，空灵凄美，沁人心脾。作为《饮水词》的开篇之作，这首词旨在表达纳兰心中的爱情，整首词凄婉感人，才情洋溢。词中所抒写的是相思的凄苦之情、幽独悠怨，至为伤感。

菩萨蛮（窗前桃蕊娇如倦）

窗前桃蕊娇如倦
东风泪洗胭脂面
人在小红楼
离情唱《石州》

夜来双燕宿
灯背屏腰绿
香尽雨阑珊
薄衾寒不寒

【注释与鉴赏】

上片前两句既写人又绘景，含双关之意。后两句写女子独处红楼，借唱《石州》而抒发自己的离情之苦。商调是一种凄凉哀怨的音乐，多表达感伤凄凉之情。下片写了夜晚的孤独寂寞，以双燕烘托，进一步表达那离愁别恨之孤苦凄清。

菩萨蛮（萧萧几叶风兼雨）

萧萧几叶风兼雨
离人偏识长更苦
欹枕数秋天
蟾蜍下早弦

夜寒惊被薄
泪与灯花落
无处不伤心
轻尘在玉琴

【注释与鉴赏】

这首词虽全篇采用白描的手法，但愁人苦于黑夜的漫长，剪不断的相思，无处不伤心的苦况、氛围却表现得淋漓尽致。

菩萨蛮（春云吹散湘帘雨）

春云吹散湘帘雨
絮黏蝴蝶飞还住
人在玉楼中
楼高四面风
柳烟丝一把
暝色笼鸳瓦
休近小阑干
夕阳无限山

【注释与鉴赏】

这首词用白描的手法描写周围的景色，寓情于景，情中含景，情景交融。前六句描写春天傍晚时的景色，最后两句才为怀念丈夫之情的产生做了铺垫和烘托。结尾以绘景收笔，而不直接一语道破，留给我们无限的思索空间。

菩萨蛮（阑风伏雨催寒食）

阑风伏雨催寒食
樱桃一夜花狼藉
刚与病相宜
琐窗薰绣衣

画眉烦女伴
央及流莺唤
半晌试开奁
娇多直自嫌

【注释与鉴赏】

阑风伏雨：本指夏秋之交的风雨，后泛指风雨不止。

这首词描绘了寒食节时，一女子刚刚病愈而起，既喜又悲的复杂感情。前二句先写寒食节自然之景，风雨不止，樱桃花在一夜之间凋零飘落。接着描绘她在这外界环境的影响下所做的一系列事情。一是按节令而薰绣衣，一是打扮自己，但自我悲伤之情在“半晌”和“自嫌”中轻易地流露出来。这是借行为细节来刻画内心感受。小词之情可谓寄深于浅，寄厚于轻。

昭君怨（深禁好春谁惜）

深禁好春谁惜
薄暮瑶阶伫立
别院管弦声
不分明

又是梨花欲谢
绣被春寒今夜
寂寂锁朱门
梦承恩

【注释与鉴赏】

深禁：深深的宫内。禁，帝王之宫殿。瑶阶：宫中的阶砌。承恩：被君王宠幸。

这首词委婉缠绵，感情深挚动人。词的写法独具一格，“全从对面写来”，即作者借“宫禁”中一女子的形象和情感来抒写自己相思相恋之苦。如此作法不但含蓄委婉，且能收到更为深刻透彻的艺术效果。

临江仙（长记碧纱窗外语）

长记碧纱窗外语
秋风吹送归鸦
片帆从此寄天涯
一灯新睡觉
思梦月初斜

便是欲归归未得
不如燕子还家
春云春水带轻霞
画船人似月
细雨落杨花

【注释与鉴赏】

万物复苏的春天来了，而我们分别于去年的秋天，分别了这么久，相思顿起于今日，于是开篇之句即公子“长记”分别时的情景。接着又叙别后自己做客天涯的凄凉之景，更多的是孤寂之情。下片再叙欲归不得，都比不上秋去春归的小燕子。最后一笔一出惊人，化虚为实，将想象中的与伊人共度良辰美景描绘得生动逼真，极具浪漫色彩，这就使小词更富深情悠远之致。

临江仙（点滴芭蕉心欲碎）

点滴芭蕉心欲碎
声声催忆当初
欲眠还展旧时书
鸳鸯小字*
犹记手生疏

倦眼乍低缃帙*乱
重看一半模糊
幽窗冷雨一灯孤
料应情尽
还道有情无

【注释与鉴赏】

鸳鸯小字：指相思相爱的文字。缃帙：浅黄色的书套，亦泛指书籍。

夜里雨打芭蕉，声声传情，离愁之感由此萌生。公子一面觉得“心欲碎”，一面又勾起“忆当初”的情怀。接着用再看看她往日寄来的书笺这一细小的情节，勾画出其活脱脱的深切相思，不免凄绝。又承前之意境，不说泪眼模糊，却说“缃帙乱”，“一半模糊”。由此可见其再次看信的时间更长，想念之情也更入骨。下句则又点冷雨孤灯，孤单寂寞在此时尤为突出。最后反诘收尾，其不尽之意见于言外，漫长深远，情至真至切，感人肺腑。

临江仙（昨夜个人曾有约）

昨夜个人曾有约
严城玉漏三更
一钩新月几疏星
夜阑犹未寝
人静鼠窥灯

原是瞿唐风间阻
错教人恨无情
小阑干外寂无声
几回肠断处
风动护花铃

【注释与鉴赏】

严城：戒备森严之城池。护花铃：护花之铃铛，其作用略同于田野中的稻草人。

此篇描绘了与情人相约却未能赴约的且喜且怨的情怀。上片说的是两个人曾经相约黄昏后，但由于某些原因迟迟未能相见。下片说不能如约“原是瞿唐风间阻”，这里的瞿唐风间阻，显然非单指自然环境的险阻，是暗指人间别有难言的风险。此处借用典故表达未能如约的遗憾，含蓄深婉，意韵深长。

虞美人（春情只到梨花薄）

春情只到梨花薄*
片片催零落
夕阳何事近黄昏
不道人间犹有未招魂

银笺别梦当时句
密绾同心苣*
为伊判作*梦中人
长向画图清夜唤真真

【注释与鉴赏】

梨花薄：谓梨花丛密之处。薄，指草木丛生之处。同心苣（jù）：织有相连锁的火炬形图案的同心结。古人以之作为爱情的信物。判作：甘愿作。

这首词通过描绘春天的梨花以及风吹花落的景象，来表达对伊人（或其妻子，或其恋人）的相思。上片侧重描绘自然之景，结尾处点

出相思之情，词风清新灵动。下片前两句承接上片勾画当日的浓情密意。尾句则化实为虚，描写想象中的情景，其意境悠长，颇具浪漫主义的色彩。

虞美人（曲阑深处重相见）

曲阑深处重相见
匀泪偎人颤
凄凉别后两应同
最是不胜清怨月明中

半生已分孤眠过
山枕檀痕涴
忆来何事最销魂
第一折枝花样画罗裙

【注释与鉴赏】

山枕：枕头。檀痕：浅红色、浅赭色之痕迹。此指红粉之泪痕。涴（wò），浸渍、染上。这句说枕头上浸渍了粉红色的泪痕。

这首词通篇采用的是一种追忆的口吻。开头的两句显然是化用李后主“画堂南畔见，一向偎人颤”（《菩萨蛮》）之句，表达得极其生动逼真。结尾时又专摹其罗裙，借物映人，婉约至极。整篇词写那女子的外貌神态，中间几句亦可作情语，都是写实，这样的情景交融，又有尽而不尽之意，通体灵秀隽美，是一首绝妙的好词。

虞美人（银床淅沥青梧老）

银床淅沥青梧老
屟粉秋蛩扫
采香行处蹙连钱
拾得翠翘何恨不能言

回廊一寸相思地
落月成孤倚
背灯和月就花阴
已是十年踪迹十年心

【注释与鉴赏】

银床：指井栏，或指汲取井水的辘轳架。屟（xiè）粉：借指所恋之女子。屟，为鞋的衬底，与粉字连缀即代指女子。蛩（qióng）：一种昆虫，这里指蟋蟀。

读这首词，俨然看见一个伤心的男人，逗留在秋草蔓地的庭院里，这是曾经和她一起游玩的地方。彼时花前月下，流萤扇扑，一切都是那么的令人留恋回味！而如今，秋风秋雨摧残了井边的梧桐，她那美丽的身影已经不在。纳兰此时能做的，只是捡到当年她无意间遗落在荒草之间的首饰。

鬓云松令（枕函香）

枕函香
花径漏
依约相逢
絮语黄昏后
时节薄寒人病酒
铲地梨花
彻夜东风瘦

掩银屏
垂翠袖
何处吹箫
脉脉情微逗
肠断月明红豆蔻
月似当时
人似当时否

【注释与鉴赏】

铲地：无端地、平白地。铲，通“刬”。逗：引发、触动。即逗引出感情来。

这首词写的是对所爱之人的怀念。整篇的描绘虽恍惚迷离，但层次还是分明的。上片起始于这痴情入幻的感受。先写室外情景，词人仿佛觉得自己在落花时节，久病之后与她在黄昏相遇。此中情景都是想象的。下片则是转回描写室内，此时传来了箫声，他独自欣赏，明月照着红色的豆蔻，于是曾经与她相处于月下的情景跃然心头。如今月色依然，人却分离，她还是那时的她吗？这反诘的结尾，将其如痴如幻的情怀表达得淋漓尽致。

转应曲（明月明月）

明月　明月
曾照个人离别

玉壶红泪相偎
还似当年夜来
来夜　来夜
肯把清辉重借

【注释与鉴赏】

玉壶红泪：指美人眼泪。

小词短简深婉，语浅而能表达悠远的意境，可谓精妙之作。喃喃重复之句，恍若低声呼唤之音，体现了词人的情之切之浓。这一轮明月，曾出现在我们离别之时。不由记起属于我们的曾经，与我相依相偎的你，流着眼泪。希望有朝一日能借着月光，重拾旧梦。

鹊桥仙（梦来双倚）

梦来双倚
醒时独拥
窗外一眉新月
寻思常自悔分明
无奈却照人清切*

一宵灯下
连朝镜里
瘦尽十年花骨*
前期总约上元时
怕难认飘零人物

【注释与鉴赏】

*清切：清晰真切。*花骨：形容人的容貌优美俏丽。此处是说容颜消瘦衰老。

此篇像是悼亡之作，又像是写给某一阔别十年的恋人。词中既有哀婉的怀思，也有对身世的隐怨。就“飘零人物”而言，显然词人是怀有感慨的。

青衫湿遍（悼亡）

青衫湿遍
凭伊慰我
忍便相忘
半月前头扶病
剪刀声　犹在银釭
忆生来小胆怯空房
到而今独伴梨花影
冷冥冥　尽意凄凉
愿指魂兮识路
教寻梦也回廊

咫尺玉钩斜路
一般消受
蔓草斜阳
判把长眠滴醒
和清泪　搅入椒浆
怕幽泉还为我神伤
道书生薄命宜将息
再休耽　怨粉愁香
料得重圆密誓
难禁寸裂柔肠

【注释与鉴赏】

银釭：银灯。贵族大家的灯台多用银制，故称。椒浆：椒酒。以椒浸制的酒浆，多用以祭祀。幽泉：墓穴，代指亡妻。

这首词作于卢氏亡故半月后，可作为第一首悼亡之作。此时遽然生死离别的悲痛尚未随时间冲淡，落在纸上，词情凄婉哀怨，字字凄怆滴血，纳兰至交顾贞观评其“一种凄凉处，令人不能卒读”。

整篇词凄婉哀怨，可以说是声声血、字字泪，令人为之泣下。

青衫湿（悼亡）

近来无限伤心事
谁与话长更
从教分付*
绿窗红泪
早雁初莺

当时领略
而今断送
总负多情
忽疑君到　漆灯*风飐
痴数春星

【注释与鉴赏】

*从教分付：一切都听从安排。*漆灯：灯明亮如漆谓之“漆灯”。

“近来无限伤心事”，起句便说自己无人与共、凄清孤独的无限伤感。自爱妻亡故后，终日以泪洗面。然后沉痛地怨诉自己辜负了爱妻往日的深情。结处的“忽疑君到，漆灯风飐，痴数春星”，用虚拟的情景结束全篇，精彩中又有浪漫。且从“忽疑君到”四字可看出卢氏故后不久，纳兰此时尚不能接受这个打击，才会出现幻觉。

沁园春（瞬息浮生）

瞬息浮生
薄命如斯
低回怎忘
记绣榻闲时
并吹红雨
雕阑曲处
同倚斜阳
好梦难留
诗残莫续
赢得更深哭一场
遗容在
只灵飙一转
未许端详

重寻碧落茫茫
料短发朝来定有霜
便人间天上
尘缘未断
春花秋叶
触绪还伤
欲结绸缪
翻惊摇落
减尽荀衣昨日香
真无奈
倩声声邻笛
谱出回肠

【注释与鉴赏】

灵飙：神风。这里指梦中看到爱妻飘飞的身影。

这首词缠绵悱恻、声声血泪，全篇低回深婉，哀怨动人。百字之间，情绪转换不停。一路写来跌跌宕宕。可与苏轼的《江城子·记梦》相媲美！

于中好（尘满疏帘素带飘）

尘满疏帘素带飘
真成*暗度可怜宵
几回偷拭青衫泪
忽傍犀奁*见翠翘

唯有恨　转无聊
五更依旧落花朝
衰杨叶尽丝*难尽
冷雨凄风打画桥

【注释与鉴赏】

真成：真诚。犀奁：用犀牛角制成的镜匣。丝：谐音“思”，是说对亡妇的思念难尽。

纳兰的悼亡词中不乏名篇，这一首的特别之处在于它那经过沉淀的伤感。“几回”“依旧”，在词人眼中感情并没有因时间磨灭，相反，哀思在时间中得以积淀。这种哀思突显了他在时间的延续中难以自拔的痛苦。

南乡子（为亡妇题照）

泪咽却无声
只向从前悔薄情
凭仗丹青重省识
盈盈
一片伤心画不成

别语忒分明
午夜鹣鹣梦早醒
卿自早醒侬自梦
更更
泣尽风檐夜雨铃

【注释与鉴赏】

省（xǐng）识：记忆起、忆起。

这首悼词是写在亡妇画像上的。悼亡作为一种追忆，可谓追忆越深，情越刻骨。同时作者也表明了伤心人另有别样的苦衷。他虽躬逢“盛世”，但不愉快乃常有之事，幽独孤愤熬苦了他，谈何欢乐。纳兰的复杂感情在本词中大大袒露，由此我们可以理解他的内心世界。

南乡子（烟暖雨初收）

烟暖雨初收
落尽繁花小院幽
摘得一双红豆子
低头
说着分携泪暗流

人去似春休
卮酒曾将酹石尤
别自有人桃叶渡
扁舟
一种烟波各自愁

【注释与鉴赏】

石尤：石尤风，即逆风、顶头风。

这首词据说是纳兰为了送别侍妾沈宛而作。

天气渐暖，庭院烟雨迷离，越发显得幽静，这是描写暮春的景致。然后追忆往日分携红豆送别的情景，“摘得”“低头”“分携”“泪流”，通过这一组动作，细腻形象地描绘了离别时的种种幽怨情思。

红窗月（燕归花谢）

燕归花谢
早因循又过清明
是一般风景
两样心情
犹记碧桃影里誓三生

乌丝阑纸娇红篆
历历春星
道休孤密约
鉴取深盟
语罢一丝香露湿银屏

【注释与鉴赏】

历历：清晰的样子。

这首词大约是写给某一恋人的，是离情之作。上片写此时情景，点出题意，即风景如旧而人却分飞，伤离之哀叹不言而喻。下片忆旧，追忆当时的相亲相恋。本篇借今昔对比之法，结构精巧，文之大意生于笔前，而笔罢仍留意于外。

天仙子（梦里蘼芜青一剪）

梦里蘼芜青一剪
玉郎经岁音书远
暗钟明月不归来
梁上燕　轻罗扇
好风又落桃花片

【注释与鉴赏】

与你分别后，一片青青的荒草不断出现在我的梦境里。梦中，我还是独立于西风中，思恋着你。时光就这样静静流逝着，而我依旧在这里等着你，仿佛等待已经成了一种习惯，一种姿态。

天仙子（月落城乌啼未了）

月落城乌啼未了
起来翻为无眠早
薄霜庭院怯生衣
心悄悄　红阑绕
此情待共谁人晓

【注释与鉴赏】

城乌：城楼上的乌鸦。

此篇表达了相思时的孤寂难耐之情。小词全用白描，空灵自然，景情兼俱，篇末点旨。

金缕曲（亡妇忌日有感）

此恨何时已
滴空阶　寒更雨歇　葬花天气
三载悠悠魂梦杳
是梦久应醒矣
料也觉　人间无味
不及夜台*尘土隔
冷清清　一片埋愁地
钗钿约　竟抛弃
重泉若有双鱼寄
好知他　年来苦乐　与谁相倚
我自终宵成转侧
忍听湘弦重理
待结个　他生知己
还怕两人俱薄命
再缘悭*　剩月零风里
清泪尽　纸灰起

【注释与鉴赏】

*夜台：坟墓。*缘悭：指夫妻的缘分少。悭，欠缺。

此篇字里行间相思怀叹的凄伤，令人不忍卒读。在体会词人丧偶之痛的同时，我们亦能隐隐感受到，词人所悲悼的，不仅仅是悲欢离合的情愫，更是人世间美好事物的易于破灭。词中所写虚实相间，质朴却不失感人，层层深入，源于肺腑，绝无刻意雕琢，极其真切自然。

蝶恋花（辛苦最怜天上月）

辛苦最怜天上月
一昔如环
昔昔都成玦*
若似月轮终皎洁
不辞冰雪为卿热
无那尘缘容易绝
燕子依然
软踏帘钩说
唱罢秋坟愁未歇
春丛认取双栖蝶

【注释与鉴赏】

玦：有缺口的玉璧。借喻不满的月亮。

这首悼念亡妻之词，凄美之中透着清灵，通过对明月圆缺变化的观察，燕子呢喃的对语，蝴蝶双栖双飞的描写，反映出了对亡妻刻骨铭心的思念，是悼亡词中的佳作。

蝶恋花（眼底风光留不住）

眼底风光留不住
和暖和香
又上雕鞍去
欲倩烟丝遮别路
垂杨那是相思树

惆怅玉颜成间阻
何事东风
不作繁华主
断带依然留乞句
斑骓一系无寻处

【注释与鉴赏】

倩：请。斑骓：身上长着花斑纹的马。

古今写离别的词数不胜数，纳兰的一句“眼底风光留不住”，足可使人眼前一亮。容若青春年少，词风纯朴自然，不失赤子之心。

蝶恋花（又到绿杨曾折处）

又到绿杨曾折处
不语垂鞭
踏遍清秋路
衰草连天无意绪
雁声远向萧关去

不恨天涯行役苦
只恨西风
吹梦成今古
明日客程还几许
霑衣况是新寒雨

【注释与鉴赏】

词人当年三月曾扈驾东出山海关至盛京，这首词作于又奉命出使西北之际。行至过去与爱妻折柳赠别的地方，纳兰在马背上，默默无言，沉思着往事，任马儿踏着清秋的道路缓缓前行。恨这无情的西风，将梦一般的往事吹得无影无踪。词人在倾吐行役之苦的同时，也流露出怀古伤今的情怀。

蝶恋花（萧瑟兰成看老去）

萧瑟兰成*看老去
为怕多情
不作怜花句
阁泪*倚花愁不语
暗香飘尽知何处

重到旧时明月路
袖口香寒
心比秋莲苦
休说生生花里住
惜花人去花无主

【注释与鉴赏】

*兰成：北周诗人庾信小字兰成。*阁泪：含着眼泪。

这首词里纳兰自比庾信，借此表达对情人的思念之情。“阁泪倚花愁不语，暗香飘尽知何处”“袖口香寒，心比秋莲苦”“休说生生花里住，惜花人去花无主”，这些词句，语气幽咽凄清，让人备感哀怨苦闷，词人用词精巧，创造的幽美意境值得借鉴。

蝶恋花（露下庭柯蝉响歇）

露下庭柯蝉响歇
纱碧如烟
烟里玲珑月
并着香肩无可说
樱桃暗解丁香结

笑卷轻衫鱼子缬
试扑流萤
惊起双栖蝶
瘦断玉腰沾粉叶
人生那不相思绝

【注释与鉴赏】

鱼子撷：一种绢织之物。

上片前三句刻画夏夜景色，渲染一种氛围，后二句回忆了两人挨肩相并说恩情的往事。下片记叙和描画她在朦胧月下的美好音容笑貌。上下浑成，笔调轻捷欢快，结二句则陡然转折，抑扬顿挫，前述之欢乐愈甚，则后来之悲痛愈烈，故言“相思绝”。

秋千索（药阑携手销魂侣）

药阑携手销魂侣
争不记看承人处
除向东风诉此情
奈竟日春无语

悠扬扑尽风前絮
又百五韶光难住
满地梨花似去年
却多了廉纤雨*

【注释与鉴赏】

廉纤雨：细微之雨、毛毛细雨。

词之上片侧重写孤寂之情。前二句追忆往日欢会，曾与心爱的人携手园亭中药栏之畔。接下二句又述今日的孤独伤感，抒发在现实面前的无可奈何之情。下片侧重写景，寄情于景。柳絮、梨花依然如旧，而此时伊人却踪影难觅，遂惆怅万分。结句用“多了廉纤雨”，更平添了委婉幽伤的情韵。

秋千索（游丝断续东风弱）

游丝断续东风弱
浑无语半垂帘幕
茜袖谁招曲槛边
弄一缕秋千索

惜花人共残春薄
春欲尽纤腰如削
新月才堪照独愁
却又照梨花落

【注释与鉴赏】

这首小词是词人触景生情，抚今忆昔之作。词人见到月照梨花的景象，触动了心中的愁情，怀念“惜花人”——那个在暮春之际荡着秋千、娇笑顾盼的女子。

茶瓶儿（杨花糁径樱桃落）

杨花糁径樱桃落
绿阴下晴波燕掠
好景成担阁
秋千背倚
风态宛如昨

可惜春来总萧索
人瘦损纸鸢风恶
多少芳笺约
青鸾去也
谁与劝孤酌

【注释与鉴赏】

糁（shēn）径：洒落于小路上。担阁：耽误。

上片绘景，前三句实写眼前之景，后二句虚写想象之景。“好景成担阁”点出伤离的愁绪。下片亦景亦情，“可惜”承接上片“成担阁”，又开启下片所抒孤独自伤之情。最后之反诘更显伤感郁闷，不胜孤独。

好事近（何路向家园）

何路向家园
历历残山剩水
都把一春冷淡
到麦秋天气
料应重发隔年花
莫问花前事
纵使东风依旧
怕红颜不似

【注释与鉴赏】

这首词再次抒写了纳兰的离愁，词人身在“残山剩水”的旅途，相思之痛有感而发。没有她的山水，都是了无生趣的。虽生逢“盛世”，但值得注意的是他心头眼底的山山水水却是“残山剩水”，个中隐情耐人寻味。同时体现了他的主张，即词要“抒写性灵，且当寓风人”。

山花子（林下荒苔道蕴家）

林下荒苔道蕴家
生怜玉骨委尘沙
愁向风前无处说
数归鸦
半世浮萍随逝水
一宵冷雨葬名花
魂似柳绵吹欲碎
绕天涯

【注释与鉴赏】

整篇词颇含伤悼之意。上下片皆以景语收束，扑朔迷离、意蕴深远之感迎面而来。深婉的情致，精巧的结构耐人寻味。末句化用顾词“教人魂梦逐杨花，绕天涯”，相比之下明显更高一筹，更归结出永恒和飘泊不定的意境，情绪的沉痛达到了极限。

山花子（风絮飘残已化萍）

风絮飘残已化萍
泥莲刚倩藕丝萦
珍重别拈香一瓣
记前生

人到情多情转薄
而今真个悔多情
又到断肠回首处
泪偷零

【注释与鉴赏】

词开端写景，伤情由景而引发。这里说自悔“多情”，其实并非真悔，而是欲寻解脱愁怀的反语。这样更加深了要表达的感情。

山花子（欲话心情梦已阑）

欲话心情梦已阑
镜中依约见春山*
方悔从前真草草
等闲看

环佩只应归月下
钿钗何意寄人间
多少滴残红蜡泪
几时干

【注释与鉴赏】

*春山：代指美人，这里指日夜思念着的爱人。

上片由梦已阑起，接着描绘幻象，表达了哀伤的思念。下片由物及人，写人去楼空、物是人非的感伤。最后借蜡泪不干，加倍渲染，抒发了睹物思人，伤怀无比却难以排遣的幽怨。

山花子（小立红桥柳半垂）

小立红桥柳半垂
越罗裙飏缕金衣
采得石榴双叶子
欲遗谁

便是有情当落日
只应无伴送斜晖
寄语东风休着力
不禁吹

【注释与鉴赏】

这首词描写了一个感春伤春的女子，将其怜春、惜春又怨春的情态刻画得淋漓尽致。其中“采得石榴双叶子”和“只应无伴送斜晖”，又透露出她怀春的凄凉孤独之感。

清平乐（凄凄切切）

凄凄切切
惨淡黄花节
梦里砧声浑未歇
那更乱蛩悲咽

尘生燕子空楼
抛残弦索床头
一样晓风残月
而今触绪添愁

【注释与鉴赏】

砧杵声，乱蛩声，燕去楼空，弦索抛残，晓风残月，无不是萧条凄惨的。本就相思无绪，眼前的一切更让人感到彻骨的伤情了。不知不觉已习惯了孤单，这个冷冷清清、无比凄凉的黄花时节，杂乱鸣叫的蟋蟀依然在悲鸣，静中带动，让人在梦中都无法安生。

清平乐（青陵蝶梦）

青陵蝶梦
倒挂怜么凤
褪粉收香情一种
栖傍玉钗偷共

愔愔镜阁飞蛾
谁传锦字秋河
莲子依然隐雾
菱花偷惜横波

【注释与鉴赏】

愔愔（yīn）：悄寂、幽深。镜阁：女子的住室。

前两句写心爱妻子虽然已离开尘世，但架上那可爱的鹦鹉仍在。她的逝去未曾带走与我的情义，如今也只有她的遗物陪伴我了。接下来面对人去楼空之景，词人发出无助的感叹。寂寥的阁楼，只有飞蛾相伴，还有谁再寄来书信呢？

清平乐（风鬟雨鬓）

风鬟雨鬓
偏是来无准
倦倚玉阑看月晕
容易语低香近

软风吹过窗纱
心期便隔天涯
从此伤春伤别
黄昏只对梨花

【注释与鉴赏】

风鬟雨鬓：形容妇女发髻蓬松、散乱。

此词整体基调凄婉伤感。上片追忆往日的幽会欢情，极为浓艳。下片写今日凄清冷落、孤独难耐之感。梨花，即离花，花也伤别离，结语之景象增添了隽永之韵味。

清平乐（画屏无睡）

画屏无睡
雨点惊风碎
贪话零星兰焰坠
闲了半床红被

生来柳絮飘零
便教咒也无灵
待问归期还未
已看双睫盈盈

【注释与鉴赏】

贪话：形容絮语绵绵。兰焰：烛花。

这首词写的是纳兰与妻子离别后，追忆将别时的情景。上片写别前之夜两人絮语绵绵，任凭灯花零星坠落，红被空闲着。下片借柳絮飘忽不定来自喻，既然生来就如柳絮一样身不由己，那么分离是在所难免的。然后笔锋一转，写爱妻欲问归期而先已含情脉脉的情态，俏丽婉媚，是为传神之笔。

满宫花（盼天涯）

盼天涯　芳讯*绝
莫是故情全歇
朦胧寒月影微黄
情更薄于寒月

麝烟销　兰烬*灭
多少怨眉愁睫
芙蓉莲子待分明
莫向暗中磨折

【注释与鉴赏】

芳讯：音讯，此为对亲友、恋人音讯之美称。兰烬：燃尽之烛心状似兰花，故称。

此篇将感情描摹得分外幽怨，开篇就写“盼天涯，芳讯绝”。我时时都在期盼着亲友们的书信，可是，望断天涯却不见踪影。难不成你们对我的感情也要歇息了？这朦胧的月亮显得单薄凄寒，难道人情比这寒月更薄凉？从这里，我们可以看出此时的词人是孤寂无比的。

唐多令（雨夜）

丝雨织红茵
苔阶压绣纹
是年年
肠断黄昏
到眼芳菲都惹恨
那更说
塞垣*春

萧飒不堪闻
残妆拥夜分
为梨花
深掩重门
梦向金微山下去
才识路
又移军

【注释与鉴赏】

此首词从对方角度来写，假想闺中人黄昏时分思念我的情景。雨夜惊起，涌来相思之情，落笔含思隽永，朦胧飘渺。结句更进一层，道即使相思也是无处所思，这便更增添了相思之苦痛。丝雨，苔阶，黄昏，都是因为思念你，这一切才变得如此幽怨又缠绵。

秋水（听雨）

谁道破愁须仗酒
酒醒后
心翻醉
正香消翠被
隔帘惊听
那又是
点点丝丝和泪
忆剪烛幽窗小憩
娇梦垂成
频唤觉一眶秋水

依旧乱蛩声里
短檠明灭
怎教人睡
想几年踪迹
过头风浪
只消受
一段横波花底
向拥髻灯前提起
甚日还来
同领略夜雨空阶滋味

【注释与鉴赏】

翻：同“反”。短檠：短柄之灯。

一句“甚日还来，同领略夜雨空阶滋味”，表现出词人梦到亡妻回到身边，与其共享美景，共话巴山夜雨的画面，令人浮想联翩……词之笔势灵动，忽眼前实景，忽忆旧铺叙，虚实相映成辉，读来扑朔凄迷，幽恨深长。“想几年踪迹，过头风浪”等语，又颇含身世之感，耐人寻味。

如梦令（正是辘轳金井）

正是辘轳金井
满砌落花红冷
蓦地一相逢
心事眼波难定
谁省　谁省
从此簟纹灯影

【注释与鉴赏】

簟纹：有花纹图案的凉席。

这首短小的《如梦令》仿佛是在描绘纳兰性德的一生，前段是“满砌落花红冷”，“心事眼波难定”的少年风流，后半段是“从此簟

纹灯影”的忧郁惆怅。这首词最耐人咀嚼思索的便是那个“冷”字。这并不是一个单纯的情境修饰语词，而是词人心绪最真实贴切的写照。

如梦令（黄叶青苔归路）

黄叶青苔归路
屧粉衣香何处
消息竟沉沉
今夜相思几许
秋雨　秋雨

一半因风吹去

【注释与鉴赏】

青苔遍地，落叶纷飞，词人正要归去，却不由想起了曾经的恋人。事隔多年，不知道她今天人在何处，就算是相思又怎样呢？这种音信不通的相思之情，令人饱受内心的痛苦。结句点明了时令，既是以景结情，又进一步延伸了情感的凄迷。

采桑子（彤云久绝飞琼字）

彤云久绝飞琼字
人在谁边
人在谁边
今夜玉清眠不眠

香销被冷残灯灭
静数秋天
静数秋天
又误心期到下弦

【注释与鉴赏】

飞琼：指仙女许飞琼，传说是西王母的侍女，后泛指仙女。这里指代思念的恋人或妻子。玉清：原指仙人。这里指思念的恋人。

据清人笔记，纳兰与他的表妹青梅竹马，这首词很可能是为其而作。

天上与人间，仙女与凡人，音信隔绝。由天上回落人间，由想象仙女的情态转入对自我状态的描写。痴情盼望她的消息，结果是音信全无，令人失望。故只剩连呼“人在谁边”了。

下句又接之以遥想对方，她此夜是否也在相思之中徘徊，惆怅不眠？透彻、深刻地表达出了相思无奈的痛苦心情。

采桑子（海天谁放冰轮满）

海天谁放冰轮满
惆怅离情
莫说离情
但值凉宵总泪零

只应碧落重相见
那是今生
可奈今生
刚作愁时又忆卿

【注释与鉴赏】

冰轮：月亮。碧落：指青天、天空。

爱妻的早亡使纳兰无日不伤悲，特别是每逢良辰美景之际，更加痛苦难耐。上片抒写情景与离情，下片转入痴想，料想应与亡妻天上重见，但这种痴想今生怎能实现？于是，词人又转念自解。那岂是今生可得？还是回到现实中来苦受熬煎吧，别愁上添愁了。由此可见纳兰词之凄婉低回。

采桑子（拨灯书尽红笺也）

拨灯书尽红笺也
依旧无聊
玉漏迢迢
梦里寒花隔玉箫

几竿修竹三更雨
叶叶萧萧
分付秋潮
莫误双鱼到谢桥

【注释与鉴赏】

上篇抒写了惆怅无聊的愁绪，下片折转，返回现实，写室外秋雨敲竹，点点声声，极力渲染了凄苦的氛围。收尾处直接表露其渴盼相逢的心愿，虽然用了典故，疏淡中却又见密丽，自然流畅。

采桑子（谁翻乐府凄凉曲）

谁翻*乐府凄凉曲
风也萧萧
雨也萧萧
瘦尽灯花又一宵

不知何事萦怀抱
醒也无聊
醉也无聊
梦也何曾到谢桥

【注释与鉴赏】

*翻：演唱或演奏之意。

此词表达了一种百无聊赖的情绪。

从所描写的情景来看，很像是对一位情人的深深怀念。

上片侧重写景，潇潇雨夜，孤灯无眠，耳听着风声、雨声和凄凉乐曲声，寂寞难耐的心情伴随着自己。下片侧重写不眠之夜，孤苦无聊的

心情。词情凄婉悱恻，哀怨动人。梁启超认为此词有“时代哀音”，“眼界大而感慨深”。

采桑子（冷香萦遍红桥梦）

冷香萦遍红桥梦
梦觉城笳
月上桃花
雨歇春寒燕子家

箜篌别后谁能鼓
肠断天涯
暗损韶华
一缕茶烟透碧纱

【注释与鉴赏】

这又是一首伤离念远之作。

上景下情，景象的描绘由虚到实。在这首词中，虽不言愁却处处显示着愁，抒情之笔既直接而又委婉，全篇亦情亦景，情景相融。以景语结束全篇，黯然神伤之情显露于外。

采桑子（桃花羞作无情死）

桃花羞作无情死
感激东风
吹落娇红
飞入窗间伴懊侬*

谁怜辛苦东阳瘦
也为春慵
不及芙蓉
一片幽情冷处浓

【注释与鉴赏】

*懊侬：心中烦闷。这里借指伤情之人。

这首词是一首伤春伤离别之作。

上片写春阑花残，艳丽的桃花被东风吹落，飘零殆尽。然而，艳丽多情的桃花无法接受无情的死亡，多情的花总要有某种多情的方式死去。下片先点出他为春残懊恼，而慵懒无聊，下接结句，加深加浓了伤春之意，心虽平静了，可思念之情却更加强烈。

采桑子（谢家庭院残更立）

谢家庭院*残更立
燕宿雕梁
月度银墙
不辨花丛那辨香

此情已自成追忆
零落鸳鸯
雨歇微凉
十一年前梦一场

【注释与鉴赏】

谢家庭院：指爱人所居之地。谢家，泛指闺中女子。

这首《采桑子》，像是追忆，像是悼亡，扑朔迷离，踪迹莫测，有一种迷离、渺茫、梦幻之美。

采桑子（而今才道当时错）

而今才道当时错
心绪凄迷
红泪偷垂
满眼春风百事非
情知此后来无计
强说欢期
一别如斯
落尽梨花月又西

【注释与鉴赏】

这首《采桑子》把人物的感情刻画得真实率直，不造作，把对爱人的一片深情以及他们被迫分离而难以再见的痛苦与思念表达得淋漓尽致。

以最平淡的语言表达这般感情，却能在第一眼就把人打动，体现了一种真实自然的美。

四和香（麦浪翻晴风飐柳）

麦浪翻晴风飐柳
已过伤春候
因甚为他成僝僽*
毕竟是春迤逗*
红药阑边携素手
暖语浓于酒
盼到园花铺似绣
却更比春前瘦

【注释与鉴赏】

*僝僽：忧愁、烦恼。*迤逗：挑逗、引诱、惹起等意。

纳兰的词中有很多地方并非单纯的景物描写，他常常将自己的心事藏于景中，更深一层地表达出斯人独憔悴的情态，苦恋未果的悲哀。尘埃落定，花开无果，毫无疑问是世界上最让人痛苦的事。

画堂春（一生一代一双人）

一生一代一双人
争教两处销魂
相思相望不相亲
天为谁春

浆向蓝桥易乞
药成碧海难奔
若容相访饮牛津
相对忘贫

【注释与鉴赏】

争教：怎教。

这首词描写了一段花开无果的恋情，是纳兰爱情词的代表作。开头便是“一生一代一双人，争教两处销魂”，言简意赅，无丝毫的装点；素面朝天，独具天姿的底蕴。这样的句子不过是脱口而出，并不曾经过眉间心上的构思、语为惊人的推敲、诗囊行吟的揣摩。

河渎神（风紧雁行高）

风紧雁行高
无边落木萧萧
楚天魂梦与香销
青山暮暮朝朝
断续凉云来一缕
飘堕几丝灵雨
今夜冷红*浦溆*
鸳鸯栖向何处

【注释与鉴赏】

*冷红：一种水草，也叫水荭。*浦溆：水滨。

这首词是词人对过去恋情的回忆，亦情亦景之间隐含着对逝去爱情的感伤。在情思的抒发上，上片落在了实处，下片则是以虚笔引出。下片写的是由眼前的实景而引发的联想，令其表达的相思之情深婉摇荡，更生动感人。

落花时（夕阳谁唤下楼梯）

夕阳谁唤下楼梯
一握香荑*
回头忍笑阶前立
总无语　也依依
笺书直恁*无凭据*
休说相思
劝伊好向红窗醉
须莫及落花时

【注释与鉴赏】

*香荑（tí）：散发着芳香的嫩草。荑，茅草的嫩芽。*直恁：竟然如此。*无凭据：不能凭信。

这首词刻画出一幅恋人相会时既相亲又娇嗔的场景，富有生活情趣，种种形貌神态，且亲且嗔，活灵活现，入木三分。整首词充满着恋人之间的绮丽情思，百折柔肠，少了纳兰词中的忧伤与凄凉，别具一番情调。

眼儿媚（重见星娥碧海槎）

重见星娥碧海槎*
忍笑却盘鸦*
寻常多少
月明风细
今夜偏佳

休笼*彩笔闲书字
街鼓已三挝*
烟丝欲袅
露光微泫*
春在桃花

【注释与鉴赏】

槎：木筏。盘鸦，指女子乌发盘卷而成的发髻。笼：通“拢”，牵、拈之意。挝（zhuā）：敲打。微泫：本指水微微下滴流动之貌。

上片前两句写别后重见时妻子的美丽动人，接下来的两句说往日虽也有过类似的情景，可是今夜偏偏胜过了那时的感受。下片前两句进一步写欣喜之情，最后三句亦情亦景，情景交融，欢喜中更见妻子光彩照人。

眼儿媚（中元夜有感）

手写香台金字经
惟愿结来生
莲花漏转
杨枝露滴
相鉴微诚

欲知奉倩神伤极
凭诉与秋檠
西风不管
一池萍水
几点荷灯

【注释与鉴赏】

秋檠：指所放的荷灯。

这首词围绕着中元节特有之习俗落笔，只在结尾处摹景，用西风之无情反衬自己悼念亡妻的深情，使所抒的悲痛情感更加厚重深浓。

眼儿媚（独倚春寒掩夕扉）

独倚春寒掩夕扉
清露泣铢衣
玉箫吹梦
金钗画影
悔不同携

刻残红烛曾相待
旧事总依稀
料应遗恨
月中教去
花底催归

【注释与鉴赏】

铢（zhū）衣：很轻很薄的衣衫，传说是仙人所穿，仅数铢重。

开头写此时的孤独幽凄，虚实结合，迷离扑朔，恍惚朦胧。最后“料应遗恨，月中教去，花底催归”，用想象之语收束，意含悠远，“去”和“归”都是指死。

河传（春浅）

春浅　红怨
掩双环
微雨花间昼闲
无言暗将红泪弹
阑珊
香销轻梦还
斜倚画屏思往事
皆不是
空作相思字
记当时
垂柳丝
花枝　满庭蝴蝶儿

【注释与鉴赏】

全篇荡漾着一种淡淡的哀伤，写尽了“思往事”刻骨铭心的寂寞情怀。读这首词仿佛看一组连续的、跳跃着的画面，画面所绘都是眼前的实景，只是下片“记当时”之后，用虚拟之景，加倍地写出了思怀往事的情景。

遐方怨（欹角枕）

欹角枕
掩红窗
梦到江南伊家
博山沉水香
浣裙归晚坐思量
轻烟笼浅黛
月茫茫

【注释与鉴赏】

✽攲（qī）角枕：斜靠着枕头。攲，通“倚”，斜靠着。

这首小词婉转深挚，是一首绝妙之作。尤其是结处二句，含蓄飘渺至极。这种“心已神驰到彼，诗从对面飞来”（浦起龙《读杜心解》）的写法，将词人的一往深情表达得深致细腻，极为动人。

浣溪沙（雨歇梧桐泪乍收）

雨歇梧桐泪乍收
遣怀翻自忆从头
摘花销恨旧风流

帘影碧桃人已去
屧痕苍藓径空留
两眉何处月如钩

【注释与鉴赏】

这首词写的是别后相思，大概和词人早年的一段未果之恋情有关。纳兰的词清丽婉约，向来惹人喜爱，蕴含其中的是对感情的执着与真挚。说是感情，但没有人证实过这一段情，或许只是猜想罢了。

浣溪沙（欲问江梅瘦几分）

欲问江梅瘦几分
只看愁损翠罗裙
麝篝*衾冷惜余熏*

可奈暮寒长倚竹
便教春好不开门
枇杷花底校书人*

【注释与鉴赏】

麝篝：燃烧麝香的薰笼。余熏：麝香烧残后的余热。校书人：指读书人。

词中的“校书人”可以是作者自指，也可是所思念之人。这里写春回大地，而他（她）却在这美好的时光里无聊愁闷、寂寞无绪。

词之上下片的前二句都是折进的手法，婉转含蓄地刻画其形影情态。“欲问”“只看”“可耐”“便教”等连接之语起到了翻转层进的作用。如此涉笔就更突出了形象的瘦损，愁情的深浓。

浣溪沙（睡起惺忪强自支）

睡起惺忪强自支
绿倾蝉鬓*下帘时
夜来愁损小腰肢

远信不归空伫望
幽期细数却参差
更兼何事耐寻思

【注释与鉴赏】

*绿倾蝉鬓：指乌黑发亮的秀发覆盖下来。

这首词亦是一伤离之作，写女子思念丈夫幽独孤凄之苦况。上片写她的形貌，下片刻画她的心理。“幽期细数却参差”，一个细节的捕捉和描画，便将她思念过度而致痴迷的情态和心理表现得尽致淋漓。

浣溪沙（谁念西风独自凉）

谁念西风独自凉　　被酒莫惊春睡重
萧萧黄叶闭疏窗　　赌书消得泼茶香
沉思往事立残阳　　当时只道是寻常

【注释与鉴赏】

赌书：查检原书以赌胜负。消得：值得。

这篇《浣溪纱》是纳兰悼亡词中的一篇佳作。由问句起，先写此时的孤独，接以黄叶、疏窗、残阳之秋景，触及景物而勾起沉思，氛围是孤寂凄清的。继而追忆往事，写短短三年夫妻在一起短暂而无穷欢乐的时光。下片写词人对往事的追忆。伤心的词人知道自己无力挽回一切，只有把所有的哀思与无奈化为最后一句“当时只道是寻常”。这七个字我们读来尚且为之心痛，何况词人自己，更是字字血泪。

浣溪沙（脂粉塘空遍绿苔）

脂粉塘空遍绿苔　　一骑近从梅里过
掠泥营垒燕相催　　片帆遥自藕溪来
妒他飞去却飞回　　博山香烬未全灰

【注释与鉴赏】

这首词上下片的结构相同，都是先写景，后抒情。但值得注意的是上片写的是实景，女主人公见到大地春回的景象，双双小燕来去，触发了她的离别愁情。下片之景则是虚写，是女主人公的幻想，她盼望所思念的人，或出现于近处梅林，或从藕溪中归来。这想象之景不乏女子

浪漫的小情怀，蕴含了她相思近痴的情结，其情灼灼，感人之致。

浣溪沙（记绾长条欲别难）

记绾长条欲别难
盈盈自此隔银湾
便无风雪也摧残

青雀几时裁锦字
玉虫连夜剪春幡
不禁辛苦况相关

【注释与鉴赏】

银湾：银河。玉虫：比喻灯火。

此篇抒写少女离愁别怨之情，清新雅致，而又深情婉致。上片写的是离愁别恨，曲藏于直，凄婉动人。下片写女子的企盼，连用典实，密丽中见清空。

浣溪沙（十八年来堕世间）

十八年来堕世间
吹花*嚼蕊弄冰弦
多情情寄阿谁边

紫玉钗斜灯影背
红绵粉冷枕函偏
相看好处却无言

【注释与鉴赏】

吹花：指吹奏、歌唱之事，引申为推敲声律、词藻等文墨。

这首词描绘了妻子的姣美姿态，上片写妻子既有才又多情可爱。下片写妻子的娇美动人和与妻子相处的情景，充满了对爱妻卢氏的怜爱与赞赏。纳兰的小令，一向都是如此清灵婉丽。

浣溪沙（莲漏三声烛半条）

莲漏三声烛半条
杏花微雨湿红绡*
那将红豆记无聊

春色已看浓似酒
归期安得信如潮*
离魂入夜倩谁招

【注释与鉴赏】

红绡：代指红色花朵。信如潮：意即如信潮，谓如定期到来的潮水一样准确无误。

上片以景开端，用春夜飘雨，红绡，平添一份相思愁苦。下片写失望的心情，清新自然，无半点做作，“安得”与“倩谁招”可知凄苦失望的心情。

浣溪沙（凤髻抛残秋草生）

凤髻抛残秋草生
高梧湿月冷无声
当时七夕记深盟

信得羽衣传钿合
悔教罗袜葬倾城
人间空唱雨淋铃

【注释与鉴赏】

你已经去世了，天上的月亮给人湿润的感觉，好像哭过一般。当时每逢七夕，我们都在月下互诉着山盟海誓。而今，只剩我一个人伴着寒月哭泣。你的遗物已经伴随着你长眠于地下了。不然，可以让神仙来为我们传递爱情的信物啊……从这些词句中，我们可以看出纳兰对妻子的一往情深。

浣溪沙（肠断斑骓去未还）

肠断斑骓去未还
绣屏深锁凤箫寒
一春幽梦有无间

逗雨疏花浓淡改
关心芳草浅深难
不成风月转摧残

【注释与鉴赏】

这首词凄惋缠绵，虽语淡而情浓。词中刻画出了女子闺中的百无聊赖，落寞伤怀，相思的苦情搅扰得她如梦如幻，纵然春色美好，但却无心欣赏，反而越感伤心无奈了。

浣溪沙（容易浓香近画屏）

容易浓香近画屏
繁枝影着半窗横
风波狭路倍怜卿

未接语言犹怅望
才通商略已懵腾
只嫌今夜月偏明

【注释与鉴赏】

商略：原为商讨之意，此处谓交谈。瞢腾：迷糊、陶醉。

此词结句最为奇特，峰回路转，借景抒情，用“月偏明”之景表达出“偷恋”者几重复杂的心理。全篇不见“偷”字，但词之意偏偏是“偷”，使“偷”字妙趣横生。与《红楼梦》中黛玉的“借来梨蕊三分白，偷得梅花一缕魂”有着异曲同工之妙。

浣溪沙（旋拂轻容写洛神）

旋拂轻容写洛神
须知浅笑是深颦
十分天与可怜春

掩抑薄寒施软障
抱持纤影藉芳茵
未能无意下香尘

【注释与鉴赏】

旋：随意。轻容：薄纱。这里指用来画画的素绢。天与：天生。

这首小词清新洒脱，写的是词人为一个美丽如仙的女子画像，流露出了对那女子的怜爱，就连不高兴时皱眉的样子，都好像是在微笑。结尾非常浪漫，眼前人与画中人合二为一，而“未能无意”又刻画出她情意绵绵的情态。纳兰词中不多见这种情致绵绵的开怀之作，体现了纳兰词的真纯深婉。

浣溪沙（十二红帘窣地深）

十二红帘窣地深
才移划袜又沉吟
晚晴天气惜轻阴

珠衱佩囊三合字
宝钗拢髻两分心
定缘何事湿兰襟

【注释与鉴赏】

此篇同为闺怨之作，只用几笔便勾勒了少女的外貌情态，犹如两组影像的组合：闺中场景和她犹豫不定的行动，及其梳妆打扮的特写。小小闺房之中，女子心情的起伏跌宕在纳兰笔下如此逼真传神，如此精妙的刻画，活灵活现。不失为一首好词！

浣溪沙（一半残阳下小楼）

一半残阳下小楼　　有个盈盈骑马过
朱帘斜控软金钩　　薄妆浅黛亦风流
倚阑无绪不能愁　　见人羞涩却回头

【注释与鉴赏】

本篇采用叙事的手法，正因“词宜抒情，或直发胸臆，或假以兴象，叙事者少见”，所以显得更为奇妙。词中虽只刻画了一个小场景，描绘了一个小细节，但却勾画出闺中女子怀春又羞怯的形象，活灵活现。这样刻画出的情韵很有韦庄词的意味，清新别致。

浣溪沙（锦样年华水样流）

锦样年华水样流
鲛珠迸落更难收
病余常是怯梳头

一径绿云修竹怨
半窗红日落花愁
愔愔只是下帘钩

【注释与鉴赏】

鲛珠：泪珠。原指鲛人之泪化作的珍珠。愔愔（yīn）：安静和悦的样子。

这首词是幽怨之作，以女子的口吻写就。春闺寂寞且无奈，韶华易逝，流年似水。女子因而多愁多病，疏慵无绪。下片写闺中独处，备感寂寞凄清。

浣溪沙（肯把离情容易看）

肯把离情容易看
要从容易见艰难
难抛往事一般般

今夜灯前形共影
枕函虚置翠衾单
更无人与共春寒

【注释与鉴赏】

本篇依旧是离愁之作。纳兰词中多的写景发端，而此篇上片的开始却在议论，又继之以叙述语。下片则亦情亦景。直白率真地写孤单之情景，其孤凄婉转，妩媚动人，悱恻缠绵之情溢于言外，不失情韵，可称为一佳作。

山花子（一霎灯前醉不醒）

一霎灯前醉不醒
恨如春梦畏分明
淡月淡云窗外雨
一声声

人到情多情转薄
而今真个不多情
又听鹧鸪啼遍了
短长亭

【注释与鉴赏】

这首词是词人的自伤自怜之作，表达离愁别恨。景与情交融，语言浅淡，却道不尽心里的那个味道。上下片结构相似，皆为前景后情，交织浑成。

相见欢（落花如梦凄迷）

落花如梦凄迷
麝烟微
又是夕阳潜下小楼西

愁无限　消瘦尽
有谁知
闲教玉笼鹦鹉念郎诗

【注释与鉴赏】

此词对闺中女子的心理刻画，鲜明生动，细腻深刻。结句的“闲教玉笼鹦鹉念郎诗”，化自柳永的“却傍金笼教鹦鹉，念粉郎言语”，传神妥切，自然流畅，使得整首词充满了生活情趣。这种做法在词中时有所见，虽不能说是纳兰创造的，却可以说他将其运用得十分精妙。

减字木兰花（烛花摇影）

烛花摇影
冷透疏衾刚欲醒
待不思量
不许孤眠不断肠

茫茫碧落
天上人间情一诺
银汉难通
稳耐风波愿始从

【注释与鉴赏】

一诺：指说话极守信用。

上片写掩被孤眠而感到空疏冷寂，冷夜孤眠，思量断肠的痛苦。下片点明与亡妻已阴阳分隔，又痴情渴盼能够重聚。这首词写得缠绵悱恻。结句尤为精彩，爱的誓言穿越生死，甘心忍耐着银河里的风波，愿从头开始。可见纳兰对亡妻的深情真到了痴迷彻骨的境界。

减字木兰花（相逢不语）

相逢不语
一朵芙蓉着秋雨
小晕红潮
斜溜鬟心只凤翘

待将低唤
直为凝情恐人见
欲诉幽怀
转过回阑叩玉钗

【注释与鉴赏】

斜溜：头上斜插的首饰光亮圆润。直为：只是由于、仅为。

这首小令，写得似明似暗、欲说还休，总有些隐衷心曲难与人言。反复读来，既像是纳兰自己的心间私语，又像用表妹的口吻来描述

她对自己的相思。字里行间似有事，而才要落实便转眼无迹。那段刻骨铭心的苦楚定是真实地发生过的，至今几百年过去了，却没有一丝一毫的消褪。

减字木兰花（断魂无据）

断魂无据
万水千山何处去
没个音书
尽日东风上绿除*

故园春好
寄语落花须自扫
莫更伤春
同是恹恹多病人

【注释与鉴赏】

除：指夏历四月。此时繁花纷谢，绿叶纷披。

这首词写法奇妙，像是夫妇间的书信往来，一问一答之间流露着深情。全篇通用白描，浅显易懂，但真情弥漫，感人至深。

减字木兰花（花丛冷眼）

花丛冷眼
自惜寻春来较晚
知道今生
知道今生那见卿

天然绝代
不信相思浑不解
若解相思
定与韩凭共一枝

【注释与鉴赏】

韩凭：又作韩朋、韩冯等，后世以其夫妇比喻生死不渝的感情。

上片恨相逢太晚。大有“还君明珠双泪垂，恨不相逢未嫁时”的感觉。下片说与“她”难成佳配，于是怅恨绵绵。此篇虽是写爱情的失意，但不同于作者其他爱情之作的伤感。这在纳兰词中也是少见的，故此篇很可能是纳兰在写别人的故事。

少年游（算来好景只如斯）

算来好景只如斯
惟许有情知
寻常风月
等闲谈笑
称意即相宜

十年青鸟音尘断
往事不胜思
一钩残照
半帘飞絮
总是恼人时

【注释与鉴赏】

《纳兰词》中有好几篇与此篇题旨相同，都是表达爱情失意的痛苦。但难能可贵的是此篇简淡清新，直中见曲，直而能婉。

木兰花令（拟古决绝词）

人生若只如初见　　骊山语罢清宵半
何事秋风悲画扇*　　泪雨零铃终不怨
等闲变却故人心　　何如薄倖锦衣郎*
却道故心人易变　　比翼连枝当日愿

【注释与鉴赏】

*画扇：这里指西汉班婕妤被汉成帝抛弃的事。*锦衣郎：指唐明皇。

此词中，纳兰以一失恋女子的口吻谴责负心的锦衣郎。“人生若只如初见，何事秋风悲画扇”。开始的这一句很是新奇，后来也常被世人引用，成了纳兰词的经典名句。这首词可谓是悟透了世情，惊动了苍生。

谒金门（风丝袅）

风丝袅　　梦里轻螺*谁扫
水浸碧天清晓　　帘外落花红小
一镜湿云青未了　　独睡起来情悄悄
雨晴春草草　　寄愁何处好

【注释与鉴赏】

*轻螺：画眉。

这首词写法别致，以乐景写哀情，用春天生机勃勃的景象来抒发伤情。一喜一悲形成强烈的对比，从而凸现了伤春伤离之哀怨。

浪淘沙（紫玉拨寒灰）

紫玉拨寒灰
心字全非
疏帘犹是隔年垂
半卷夕阳红雨入
燕子来时

回首碧云西
多少心期
短长亭外短长堤
百尺游丝千里梦
无限凄迷

【注释与鉴赏】

这首词写闺怨，以女子的视角落笔，描绘心理感受，抒发了对远行丈夫的思念之情，写少妇于闺中的寂寞感伤。整篇词脉络分明，布局恰当。词情凄苦，却写得清拔秀逸，格高韵远。

浪淘沙（夜雨做成秋）

夜雨做成秋
恰上心头
教他珍重护风流
端的为谁添病也
更为谁羞

密意未曾休
密愿难酬
珠帘四卷月当楼
暗忆欢期真似梦
梦也须留

【注释与鉴赏】

此篇笔势灵动，自然流美。短幅之中妙笔错落，其无限的悲伤溢于言外。词虽短小，但跌宕起伏的情感，却不乏柔情蜜意。

浪淘沙（红影湿幽窗）

红影湿幽窗
瘦尽春光
雨余花外却斜阳
谁见薄衫低髻子
抱膝思量

莫道不凄凉
早近持觞
暗思何事断人肠
曾是向他春梦里
瞥遇回廊

【注释与鉴赏】

这首《浪淘沙》刻画了一个因怀恋旧情人而幽怨伤感者的形象，上片由景语入，先渲染环境，而后推出一个薄衫低髻，抱膝思量，孤独苦闷人的形象。下片承前再铺写，侧重心理描绘，最后点出所思之由，但朦胧含蓄，给读者留下了无限的想象和深婉的美感。

浪淘沙（眉谱待全删）

眉谱待全删
别画秋山
朝云渐入有无间
莫笑生涯浑是梦
好梦原难

红咮啄花残
独自凭阑
月斜风起袷衣单
消受春风都一例
若个偏寒

【注释与鉴赏】

咮：鸟的嘴。袷（jiá）衣：夹衣。若个：哪个、何处。

古代诗文中常以远山之形与女子的眉毛互喻。本篇的开端便是取这一比喻，说她的眉如秋山，又接以"朝云"之句，即可理解为眉间有情了。但也可作实写秋山如眉，而山色朦胧理解。不过无论作何种理解，这三句意境确是朦胧婉曲。词很含蓄飘渺，给人以朦胧之美，耐人咀嚼。

浪淘沙（双燕又飞还）

双燕又飞还
好景阑珊
东风那惜*小眉弯
芳草绿波吹不尽
只隔遥山

花雨忆前番
粉泪偷弹
倚楼谁与话春闲
数到今朝三月二
梦见犹难

【注释与鉴赏】

*那惜：不顾惜，不管。

本篇写法是常见的上景下情。但景中含情，情景结合。春期将尽，春景将残。芳草随风而动，如同翻滚的波浪，可惜，却席卷不过这数层山岚，于是她又深情地怀念千里之外的离人，此为本篇之旨。此篇之特色在于作者是借闺怨抒发自己的离愁。

浪淘沙（清镜上朝云）

清镜上朝云
宿篆*犹熏
一春双袂尽啼痕
那更夜来山枕侧
又梦归人

花底病中身
懒约湔裙*
待寻闲事度佳辰
绣榻重开添几线
旧谱翻新

【注释与鉴赏】

宿篆：夜来点燃的篆香。湔裙：湔裙人，代指情人或某女子。

词由景写起，清晨，朝云映到了明镜里，夜来焚烧的篆香还未燃尽。接着，“一春”三句翻转折进，梦遇归人，如此写法，更透彻，更感人。下片“花底”以下是写其孤寂慵懒的情态，及寻求排遣的无奈。词于平实率直中见真婉深致，同时流露着言不尽的情韵。

南楼令（金液镇心惊）

金液镇心惊
烟丝似不胜
沁鲛绡湘竹无声
不为香桃怜瘦骨
怕容易　减红情

将息报飞琼
蛮笺署小名
鉴凄凉*片月三星
待寄芙蓉心上露
且道是　解朝酲

【注释与鉴赏】

鉴凄凉：指明镜一般的天空，弯月明星，备觉凄凉。

这篇词多处用典，意蕴朦胧委婉。从词的意思来看，像是写给某一情人的。典丽清新中，给人以若明若晦的朦胧美感。全篇且情且景，词风清新而又深情款款。

生查子（东风不解愁）

东风不解愁
偷展湘裙衩
独夜背纱笼
影着纤腰画

爇尽水沉烟
露滴鸳鸯瓦
花骨冷宜香
小立樱桃下

【注释与鉴赏】

湘裙：湖绿色的裙子。爇（ruò）：燃烧。水沉：水沉香、沉香。

这首写的是女子的相思愁情，题材虽不新颖，但并不影响其审美价值。因为它以一连串环环相扣的镜头再现了一个春夜独立不寐的女子形象，且以“东风不解愁”与“露滴鸳鸯瓦”等烘托，以“花骨”为比喻，将女子的相思之愁情写得真挚感人，给读者以艺术美的享受。

生查子（惆怅彩云飞）

惆怅彩云飞　总是别时情
碧落知何许　那得分明语
不见合欢花　判得最长宵
空倚相思树　数尽厌厌雨

【注释与鉴赏】

厌厌：绵长。

这篇写长夜怀思的苦情，重在心理的刻画，婉转深细，很像是一首悼亡之作。

鹧鸪天（离恨）

背立盈盈故作羞　云澹澹　水悠悠
手挼梅蕊打肩头　一声横笛锁空楼
欲将离恨寻郎说　何时共泛春溪月
待得郎来恨却休　断岸垂杨一叶舟

【注释与鉴赏】

手挼（ruó）：用手揉弄。

这是一阕闺怨词。纳兰词向来都以哀怨缠绵凄婉为主。这首小令借女子的形象和心态抒写“离恨”，全用白描，不假雕饰，自然朴素，清新明丽。

玉连环影（何处几叶萧萧雨）

何处几叶萧萧雨
湿尽檐花
花底人无语
掩屏山
玉炉寒
谁见两眉愁聚依阑干*

【注释与鉴赏】

*阑干：同“栏干”。

这首小词结构层次分明，井井有条地描摹出了一幅画面。先写室外，再写室内，最后点到愁怨之人。虽短小精悍，却层层深入，极见情味。

玉连环影（才睡）

才睡　愁压衾花碎　　梦难凭
细数更筹　　讯难真
眼看银虫坠　　只是赚伊终日两眉颦

【注释与鉴赏】

本篇先写自己的相思惆怅，孤独无眠。刚刚睡下，愁绪就开始了，且越发沉重，它仿佛要压碎被子上的花。词人无眠，只能细数夜深一更又一更来消解惆怅。最后突发奇想，转到了描绘对方相思的情景，说她也整日里眉头频皱，苦于相思。如此跳跃之笔，不单单灵动，更加显得深致厚重了。

荷叶杯（帘卷落花如雪）

帘卷落花如雪　烟月　　化作彩云飞去　何处
谁在小红亭　　不隔枕函边
玉钗敲竹乍闻声　　一声将息晓寒天
风影略分明　　断肠又今年

【注释与鉴赏】

枕函：中间可以贮物的枕头。

这是一首悼亡词，描绘了一种唯美的幻象。表明词人满怀心事，难遣愁绪。上片全写幻想之象，在落花如雪的朦胧月夜，仿佛看到了妻子立于小红亭，结尾句处的“一声将息晓寒天，断肠又今年”，用当年的嘱咐珍重，和此际无限伤感收尾，内心的悲痛便不言而明，令人惘然，回味无穷。

荷叶杯（知己一人谁是）

知己一人谁是　已矣
赢得误他生
有情终古似无情
别语悔分明

莫道芳时易度　朝暮
珍重好花天
为伊指点再来缘
疏雨洗遗钿

【注释与鉴赏】

此篇为悼亡词，凄婉哀怨、动人心魄。词开端显旨，直抒伤痛之情，可谓先声夺人。而后全篇皆叙之以情语，都流露出伤痛悔恨之感情。哀音低回婉转，凄恻缠绵，真情自然流露，颇能引起读者的共鸣。

望江南（宿双林禅院有感）

挑灯坐
坐久忆年时
薄雾笼花娇欲泣
夜深微月下杨枝
催道太眠迟

憔悴去
此恨有谁知
天上人间俱怅望
经声佛火两凄迷
未梦已先疑

【注释与鉴赏】

前尘往事，不断地呈现在眼前，挑灯而坐，镜子里的灯花瘦，泪眼朦胧怎能瞧得尽？说不出的相思话语噎满喉。前世的爱，今生的情，牵系着一颗心，给人肝肠寸断的感觉，穿越了生死的距离……结句的“未梦已先疑”，可以说是全词的精髓。为全词增添了迷离扑朔感和道不尽的哀怨愁绪。

望江南（宿双林禅院有感）

心灰尽
有发未全僧
风雨消磨生死别
似曾相识只孤檠
情在不能醒

摇落后
清吹那堪听
淅沥暗飘金井叶
乍闻风定又钟声
薄福荐倾城

【注释与鉴赏】

孤檠（qíng）：指孤灯。檠，灯架，烛台。荐：祭献，使僧侣念

经拜忏，以超度亡灵。

纳兰性德被称为中国词史上著名的“伤心人”。他为悼念早逝的妻子卢氏而写下的篇章，更是泣血之作，哀恸婉艳。纳兰深受佛道影响，可从词中略知一二。将这种思想、情致寓于恋情之中，深曲委婉，给人扑朔迷离之感。

忆江南（春去也）

春去也
人在画楼东

芳草绿黏天一角
落花红沁水三弓
好景共谁同

【注释与鉴赏】

历来抒情之作中的绘景乃为言情，一切景语皆情语，故而词中芳草、落花之对句，既为景语，又烘衬孤独凄哀的心绪，含思悠婉，蕴藉绵邈。这一首词末句用反诘煞住，点到本旨，即春去也，人在天涯，难禁孤寂之情。

友情篇

动人心魄的友情

“家家争唱《饮水词》，纳兰心事几人知？”纳兰性德的一生是寂寞的，而他的寂寞恰恰来自于万事无缺。家世、地位、权力、才情，别人穷其一生所追求的东西他几乎都是与生俱来的。可是，他偏偏不在乎，对官场的厌倦，对富贵的轻看，对仕途的不屑，对凡能轻取的身外之物无心一顾。所以，在交友上，纳兰性德最突出的特点是其所交“皆一时俊异，于世所称落落难合者”，这些不肯合俗的人，多为江南汉族布衣文人，如顾贞观、严绳孙、朱彝尊、陈维崧、姜宸英等等。

纳兰性德对朋友极为真诚，不仅仗义疏财，而且敬重他们的品格和才华，这使其住所渌水亭聚集了很多文人骚客，促进了康乾盛世的文化繁荣。

纳兰性德的友情词显示出了他的正直、磊落与胆识。当时的大清政权尚未稳固，清廷对汉人总是有所防范，他能对世道不公、人才受压抑和摧残，发出不平之鸣，若无一点胆识，是不可能办到的。这些词的价值也正在于此，深含了骚雅之意、风人之旨。

采桑子（明月多情应笑我）

明月多情应笑我
笑我如今
孤负春心
独自闲行独自吟

近来怕说当时事
结遍兰襟
月浅灯深
梦里云归何处寻

【注释与鉴赏】

开篇之笔“明月多情应笑我”，令人惊艳。明月是如此的多情，一定会笑我此时的孤单落寞，辜负春心。等读到“独自闲行独自吟”这一句，描摹与叙说近似白话，朴实自然可谓独步天下了。结句的“月浅灯深，梦里云归何处寻”，化用了晏几道《清平乐》中的“梦云归处难寻，微凉暗入香襟。犹恨那回庭院，依前月浅灯深”，平白直浅，流畅自然，意境幽深，优美动人。

瑞鹤仙（马齿加长矣）

丙辰生日自寿，起用弹指词句，并呈见阳*

马齿*加长矣
枉碌碌乾坤
问汝何事
浮名总如水
判尊前杯酒　一生长醉
残阳影里
问归鸿　归来也未
且随缘　去住无心
冷眼华亭鹤唳

无寐　宿醒犹在
小玉来言
日高花睡
明月阑干
曾说与　应须记
是蛾眉便自　供人嫉妒
风雨飘残花蕊
叹光阴老我无能
长歌而已

【注释与鉴赏】

*见阳：张纯修，字子敏，号见阳。纳兰性德十七岁时“贡入太学”，与在国子监学习的汉军旗人张见阳结成终生挚友。*马齿：马之牙齿。马齿随年而增，故以之喻人年龄增长。

上片以慨叹句起，惆怅迷惘之意笼盖全篇。接着以自嘲自问，感慨自己在茫茫乾坤中碌碌无为。再转抒写此生不追逐功名利禄，但愿随缘自适，不为尘世浮云所累之情，兼与见阳共勉之意。下片前四句承“一生长醉”而来，说愁情难遣之时唯有借酒解忧，疏懒度日。接下去又转为劝慰之语，既是自嘲，又暗含慰藉见阳之意。最后又以长歌解忧的自慰自嘲之语收束。通篇婉曲转折，迭宕层深，错落有致。

菊花新（愁绝行人天易暮）

用韵送张见阳令江华

愁绝行人天易暮
行向鹧鸪声里住
渺渺洞庭波
木叶下楚天何处

折残杨柳应无数
趁离亭笛声吹度
有几个征鸿相伴也
送君南去

【注释与鉴赏】

这首词是送别之作，感伤之情溢于纸上。纳兰的写作手法别具一格，有虚有实，虚实结合。上片出之以虚，是写想象之景，写见阳将赴任之地的苍茫凄清之景，反衬出词人当时的悲伤心情；下片是实笔出之，写此时此地之景，含蓄地表达出词人对朋友的依依不舍之情。一虚一实，虚实交融，轻灵而不失深婉，淋漓尽致地表达出送别、惜别的深挚情意。

菩萨蛮（车尘马迹纷如织）

过张见阳山居赋赠

车尘马迹纷如织
羡君筑处真幽僻
柿叶一林红
萧萧四面风
功名应看镜
明月秋河影*
安得此山间
与君高卧闲

【注释与鉴赏】

*秋河影：指银河。

这首词是纳兰路过张见阳山居，对其幽僻的环境甚是欣赏，于是便作了这篇抒怀表志之词。纳兰表达了对见阳山居的羡慕之情，一面表达了视功名为虚幻，如同镜花水月一般；另一面也表达了渴望归隐林下，过悠闲自适的生活。朴实而自然，但情深意切，不失为佳作。纳兰有很多类似这首的词，完全用白描的手法来表现自己的心境。

踏莎行（倚柳题笺）

倚柳题笺
当花侧帽
赏心应比驱驰好
错教双鬓受东风
看吹绿影成丝早

金殿寒鸦
玉阶春草
就中冷暖和谁道
小楼明月镇长闲
人生何事缁尘老

【注释与鉴赏】

镇长：经常、常常。缁尘：黑色灰尘。常喻世俗污垢。

这是一篇寄赠之作，流露出了词人对侍卫生活的厌倦和对闲适生活的向往。“倚柳题笺”，正是词人想要的闲适生活，“当花侧帽”描写了不拘礼法，洒脱自如的举止。而这种情怀又难以诉说，所以不知“和谁道”，不无愁苦寂寞，只有向友人诉说一下自己的衷肠，排遣郁闷。

菩萨蛮（为陈其年题照）

乌丝曲倩红儿谱
萧然半壁惊秋雨
曲罢髻鬟偏
风姿真可怜

须髯浑似戟
时作簪花剧
背立讶卿卿
知卿无那情

【注释与鉴赏】

陈其年：陈维崧，字其年，号迦陵，年长纳兰性德三十岁，为忘年友。乌丝：指陈其年之作《乌丝词》，誉满天下，为人称赏。无那情：无限情。

这首词作于康熙十七年（1678），当时的纳兰二十四岁。这首词结构别致，风趣幽默，多情之人开起玩笑别有味道。表面看来是写陈其年不乏风流之好，其实是从侧面赞赏陈其年的人格与创作。

摸鱼儿（送座主*德清蔡先生*）

问人生　头白京国
算来何事消得
不如罨画清溪上
蓑笠扁舟一只
人不识　且笑煮鲈鱼
趁着莼丝碧
无端酸鼻
向歧路销魂
征轮驿骑
断雁西风急

英雄辈　事业东西南北
临风因甚成泣
酬知有愿频挥手
零雨凄其此日
休太息　须信道
诸公衮衮皆虚掷
年来踪迹
有多少雄心
几翻恶梦
泪点霜华织

【注释与鉴赏】

*座主：科举考试的主考官，也称座师。*蔡先生：蔡启僔，字石公，号昆阳，康熙十二年（1673）回归故里，纳兰填此词以赠。

纳兰的座师蔡先生因受了不白之冤而被迫回归故里，纳兰填此词以示同情和宽慰，同时也抒发了自己愤世嫉俗的情怀。当时的政权尚未稳固，清廷对汉人总是有所防范，纳兰能对世道不公，人才被压抑、被摧残的丑态发出不平之鸣，显示了他的正直、磊落与胆识。

雨中花（送徐艺初归昆山）

天外孤帆云外树
看又是春随人去
水驿灯昏
关城月落
不算凄凉处

计程应惜天涯暮
打叠起伤心无数
中坐波涛
眼前冷暖
多少人难语

【注释与鉴赏】

徐艺初：徐树谷，字艺初，康熙进士，纳兰的老师徐乾学的儿子。打叠起：收拾起。中坐波涛：指触犯了朝纲。中坐，原指星犯帝座。

徐乾学与蔡启僔都是纳兰的座师。康熙十一年（1672），徐、蔡二人皆以“副榜未取汉军卷”的罪名被削职。蔡先生回归了故里浙江德清，徐乾学则回了老家江苏昆山。“天外孤村云外树”，凄凉渺茫的景象衬托出悲伤的意境，“中坐波涛，眼前冷暖，多少人难语”，纳兰感慨世态炎凉，有苦说不出，有冤喊不出。纳兰借题发挥，既表达了对座师的同情和安慰，也流露出对世间残酷冷漠的不平和牢骚之意。

虞美人（为梁汾*赋）

凭君料理花间*课*
莫负当初我
眼看鸡犬上天梯
黄九*自招秦七*共泥犁*

瘦狂那似痴肥好
判任痴肥笑
笑他多病与长贫
不及诸公衮衮向风尘

【注释与鉴赏】

*梁汾：顾贞观，清代填词之大家，容若第一挚友，第一知音。*花间：指《花间集》。*课：谓作品。这是谦词，说自己这些词作无非习作而已。*黄九：北宋诗人黄庭坚，因排行第九，所以称为黄九。*秦七：北宋词人秦观，因排行第七，所以称为秦七。此借指纳兰与顾贞观。*泥犁：梵语，意即地狱。

这首词是纳兰写给好友顾贞观的，纳兰委托顾贞观把自己的词作结集出版。末句“笑他多病与长贫，不及诸公衮衮向风尘”——笑的是什么呢？笑的是我们的多病与长贫。这里，多病与长贫实有所指，纳兰正符合多病的标准，顾贞观正符合长贫的标准，两个人放在一起，这才叫贫病交加。纳兰最后语带反讽，说我和顾贞观一病一贫、一狂一瘦，实在比不上你们各位痴肥风风光光，行走于滚滚红尘中。

金缕曲（赠梁汾）

德*也狂生耳
偶然间　缁尘京国　乌衣门第
有酒惟浇赵州土
谁会成生此意
不信道　遂成知己
青眼高歌俱未老
向尊前　拭尽英雄泪
君不见　月如水

共君此夜须沉醉
且由他　蛾眉谣诼*　古今同忌
身世悠悠何足问
冷笑置之而已
寻思起　从头翻悔
一日心期千劫在
后身缘　恐结他生里
然诺重　君须记

【注释与鉴赏】

德：指纳兰成德。这里是作者自指。蛾眉谣诼：谣言中伤之意，指受到小人的诽谤。

这首词是纳兰与顾贞观相识不久，在《侧帽投壶图》上题写的，不仅为自己写照，也为其交游写照，中间还交错着对蛾眉谣诼的感慨，又照应了答应顾贞观营救吴汉槎的事，运笔疏朗有致，而情感又沉着跌宕。这首词直抒胸臆，不加雕饰，纳兰本身的“狂生”面目坦露无余。

金缕曲（简梁汾）

酒尽无端泪
莫因他　琼楼寂寞　误来人世
信道[*]痴儿多厚福
谁遣偏生明慧
莫更着　浮名相累
仕宦何妨如断梗
只那将　声影供群吠
天欲问　且休矣

情深我自拚憔悴
转丁宁　香怜易爇　玉怜轻碎
羡煞软红尘里客
一味醉生梦死
歌与哭　任猜何意
绝塞生还吴季子
算眼前　此外皆闲事
知我者　梁汾耳

【注释与鉴赏】

*信道：早知。

康熙二十年（1681），顾贞观因母丧南归，其好友吴汉槎经纳兰的营救已自“绝塞生还”，即由流放地宁古塔归来。这首词大约作于此时。因二人交情深，故无需拐弯抹角，托比寄兴，而是直抒性灵，直吐胸臆。上片劝说贞观不要为汉槎之事而积愤难平。汉槎之遭遇可哀，而更可哀可厌的是造成这种遭遇的现实。下片转为对贞观的叮嘱，希望其乐观自爱，且表达了自己抑郁不舒之怀。词极沉厚痛切，可见纳兰隐忧之深和愤世嫉俗的情结。

金缕曲（寄梁汾）

木落吴江矣
正萧条　西风南雁　碧云千里
落魄江湖还载酒
一种悲凉滋味
重回首　莫弹酸泪
不是天公教弃置
是南华　误却方城尉
飘泊处　谁相慰

别来我亦伤孤寄
更那堪　冰霜摧折　壮怀都废
天远难穷劳望眼
欲上高楼还已
君莫恨　埋愁无地
秋雨秋花关塞冷
且殷勤　好作加餐计
人岂得　长无谓*

【注释与鉴赏】

无谓：无所作为。谓，通“为”，作为之意。

这又是一首以词代简的长调，赋法铺叙，直抒胸臆。通篇沉雄苍劲，跌宕顿挫，情致深婉。此词大约是纳兰在塞上作的。词中有对梁汾的深情慰藉，抒发了诚挚的友情，也有“壮怀都废”的牢骚。

金缕曲（再赠梁汾）

酒涴青衫卷
尽从前　风流京兆　闲情未遣
江左知名今廿载
枯树泪痕休泫
摇落尽　玉蛾金茧
多少殷勤红叶句
御沟深　不似天河浅
空省识　画图展

高才自古难通显
枉教他　堵墙落笔　凌云书扁
入洛游梁重到处
骇看村庄吠犬
独憔悴　斯人不免
衮衮门前题凤客
竟居然　润色朝家典
凭触忌　舌难剪

【注释与鉴赏】

涴：污染。玉蛾金茧：玉蛾，白色飞蛾，比喻雪花。金茧，金黄色之蚕茧，比喻灯火。

纳兰的父亲权倾朝野，贵极一时，纳兰本身也是御前侍卫，可他不适合官场的种种，感觉在朝为官难于登天。“高才自古难通显”述说朝廷并不是真正重用人才。“凭触忌，舌难剪”这两句说的是纵然有对朝廷犯忌之论，以至招灾惹祸，但也不改刚正不阿的本性。

金缕曲（生怕芳尊满）

生怕芳尊满
到更深　迷离醉影　残灯相伴
依旧回廊新月在
不定竹声撩乱
问愁与　春宵长短
人比疏花还寂寞
任红蕤　落尽应难管
向梦里　闻低唤

此情拟倩东风浣
奈吹来　余香病酒　旋添一半
惜别江郎浑易瘦
更著轻寒轻暖
忆絮语　纵横茗碗
滴滴西窗红蜡泪
那时肠　早为而今断
任角枕　欹孤馆

【注释与鉴赏】

上片触景生情，写半夜深更之时，难以入睡又起怀思的情景。结句则宕出一笔，唯有梦里才可与朋友一会。下片承接上片，说拟请东风消愁不但消不得，反倒是添愁添恨了。“忆絮语”三句转为描述当年分别时的情景，而这追忆更使人伤心肠断。结句又回到眼前来，“任角枕，欹孤馆”，写其孤馆的孤寂凄凉，虚实结合，感人至深。

金缕曲（未得长无谓）

未得长无谓
竟须将　银河亲挽　普天一洗
麟阁才教留粉本
大笑拂衣归矣
如斯者　古今能几
有限好春无限恨
没来由　短尽英雄气
暂觅个　柔乡避

东君轻薄知何意
尽年年　愁红惨绿　添人憔悴
两鬓飘萧容易白
错把韶华虚费
便决计　疏狂休悔
但有玉人常照眼
向名花美酒拚沉醉
天下事　公等在

【注释与鉴赏】

本篇以其沉雄郁勃、一以贯之的气势取胜，颇有几分稼轩词的味道。从内容上看，这首词是纳兰写给某位仕途失意的友人的，词中一面赞美这位友人的雅量高致，淡泊功名；一面又劝慰他归隐消闲，不受拘束，乐观自爱；还为他的怀才不遇及世道的不公发出了不平之鸣。

大酺（寄梁汾）

只一炉烟　一窗月
断送朱颜如许
韶光犹在眼
怪无端吹上　几分尘土
手捻残枝　沉吟往事
浑似前生无据
鳞鸿凭谁寄
想天涯只影　凄风苦雨
便研损*吴绫　啼沾蜀纸
有谁同赋

当时不是错
好花月　合受天公妒
准拟倩　春归燕子
说与从头　争教他　会人言语
万一离魂遇
偏梦被　冷香萦住
刚听得　城头鼓
相思何益
待把来生祝取
慧业相同一处

【注释与鉴赏】

*研损：指反复书写，致使吴绫也被碾研得光亮。

上片写别后相思，吟哦无侣的孤寂之感。开端三句说独对烟月，美好的青春年华就这样被送走了。“韶光”六句则叙伤春伤离的愁怀。“鳞鸿”以下写音书杳渺，无人同赋的孤独寂寞。紧接着，追忆当时共同度过花好月圆的时光。“准拟”二句又以燕子的口吻，进一步衬托春回人不归的失落、怅惘。“万一”二句再用假想之词表达深深思念之情。“刚听得”以下又托祝愿来生之语而慰己慰人。纳兰不擅慢词，但此篇不失为直抒性灵的佳作。

满江红（茅屋新成，却赋）

问我何心
却构此　三楹茅屋
可学得　海鸥无事　闲飞闲宿
百感都随流水去
一身还被浮名束
误东风迟日杏花天
红牙曲*
尘土梦　蕉中鹿
翻覆手　看棋局
且耽闲殢酒*　消他薄福
雪后谁遮檐角翠
雨余好种墙阴绿
有些些欲说向寒宵
西窗烛

【注释与鉴赏】

*红牙曲：指拍击着红牙板歌唱。*殢（tì）酒：纵酒。

从本篇看，纳兰淡泊功名，欲效陶渊明等先贤的心情则更为明显。他有诗云："吾本落拓人，无为自拘束。倜傥寄天地，樊笼非所欲。"这诗句正是这词旨的绝好注脚。词的上片侧重叙志，下片点出所以要摆脱"浮名束"的原因，以及如何打发日后的生活。

于中好（送梁汾南还）

握手西风泪不干
年来多在别离间
遥知独听灯前雨
转忆同看雪后山
凭寄语　劝加餐
桂花时节约重还
分明小像沉香缕
一片伤心欲画难

【注释与鉴赏】

这首词的上片首两句描述了送别的情景和对离别的感慨，写昔日两人相交的种种亲密情景：灯前共听雨，同看雪后山。纳兰触景伤情，想到离别后两人各自在灯前独坐听雨的愁苦，追忆昔时与梁汾一起共赏雪后山的亲近知心。下片是纳兰对好友的叮咛与嘱咐，并约定归期，凡此种种，足见其真挚、深情。最后又化用名句做结，语直却意曲，更使全词情绪转合之间，恰到好处。

木兰花慢（盼银河迢递）

立秋夜雨，送梁汾南行

盼银河迢递
惊入夜　转清商
乍西园蝴蝶　轻翻麝粉
暗惹蜂黄
炎凉　等闲瞥眼
甚丝丝点点搅柔肠
应是登临送客
别离滋味重尝

疑将　水墨画疏窗
孤影淡潇湘
倩一叶高梧　半条残烛
做尽商量
荷裳　被风暗剪
问今宵谁与盖鸳鸯
从此羁愁万叠
梦回分付啼螀

【注释与鉴赏】

倩：倚近、靠近。螀（jiāng）：蝉。

本词紧紧贴合着“立秋”和“夜雨”之题而展开铺叙，使得伤离怨别之意和悲凉凄切之情纠缠在一起，细细品来，更为细密深透，穿彻心扉。“等闲瞥眼”指入秋夜雨原本是为等闲之事，但今夜那丝丝点点的雨声却搅断离人寸寸柔肠，更添伤感惆怅。这样一来，离愁别恨便跃然纸上。

菩萨蛮（寄梁汾苕中）

知君此际情萧索
黄芦苦竹孤舟泊
烟白酒旗青
水村鱼市晴

柁楼*今夕梦
脉脉春寒送
直过画眉桥
钱塘江上潮

【注释与鉴赏】

*柁楼：船上操柁之室，借指乘船之人。

上片写词人设想梁汾此刻正于归途中，心情萧索。然后又转笔想象途中停泊处却是水村鱼市，烟白旗青，一派祥和安康的景象。下片进一步想象夜间梁汾在舟中孤寂的情景。而最后二句却以“直过画眉桥，钱塘江上潮”的谐语出之，翻起新意，转为慰藉。其中既有风趣的宽解，又不无对

梁汾的同情和对其所遇不平的愤慨却也无可奈何的隐怨。

梦江南（新来好）

新来好
唱得虎头*词
一片冷香惟有梦
十分清瘦更无诗
标格早梅知

【注释与鉴赏】

虎头：东晋画家顾恺之，小字虎头。

“一片冷香惟有梦，十分清瘦更无诗”两句是借用于顾贞观的“虎头词”，写法新颖别致，“标格早梅知”，意思是你词中表现出的风度，大约能被那有灵气的梅花所知晓。这首词又如同是在借好友的词句点评朋友的词作，因而写法别致新颖且富有情趣，很难得到并世之作。

清平乐（忆梁汾）

才听夜雨
便觉秋如许
绕砌蛩螿人不语
有梦转愁无据

乱山千叠横江
忆君游倦何方
知否小窗红烛
照人此夜凄凉

【注释与鉴赏】

上片以实景贴入，从窗外写起，由“夜雨”和“蛩螿”的声音反衬“人不语”的秋声秋意中，引出对故人的深切的怀念。下片由虚写开始，指由于千江万山阻隔，使得自己与梁汾不得相见，进而点出“忆君”之题旨。最后又以“小窗红烛”之眼前景收回思绪，更加突显出“此夜凄凉”的氛围和对友人深切思念之情难以排遣的心境。

凤凰台上忆吹箫（荔粉初装）

除夕得梁汾闽中信，因赋

荔粉初装　桃符欲换
怀人拟赋然脂
喜螺江双鲤
忽展新词
稠叠频年离恨
匆匆里　一纸难题
分明见　临缄重发
欲寄迟迟

心知　梅花佳句　待粉郎香令
再结相思
记画屏今夕
曾共题诗
独客料应无睡
慈恩梦　那值微之
重来日　梧桐夜雨
却话秋池

【注释与鉴赏】

上片从实处着笔，铺垫除夕之景和对友人的怀念之意。紧接转写对信文之感受和对友人寄信之时情景的想象，下片则用虚笔表达，屈曲有致。下片“心知”二字领起，由此一写渴望酬答共处的闲适生活；一写追忆曾经吟诗题句的美好情景；一写料想梁汾此时充满缱绻的孤寂；一写期盼能够再与梁汾重逢相会，再续昔时生活之美好。本词情感细腻真挚，辗转道来，深情脉脉，又借典取譬，读来更是深婉之至。

百字令（绿杨飞絮）

绿杨飞絮
叹沉沉院落
东归何许*
尽日缁尘吹绮陌*
迷却梦游归路
世事悠悠
生涯未是
醉眼斜阳暮
伤心怕问
断魂何处金鼓

夜来月色如银
和衣独拥
花影疏窗度
脉脉此情谁得识
又道故人别去
细数落花
更阑未睡
别是闲情绪
闻余长叹
西廊唯有鹦鹉

【注释与鉴赏】

*何许：何处。*绮陌：繁华的街道，也指风光美丽的郊野道路。

词中唱叹的是与故人别后的孤苦寂寞之境和无聊无绪的滋味。其中“世事悠悠”等句，表明诗人今时今日痛苦的心境。这首词低回伤感，幽恨难平，其中不无骚雅之旨，细细品来，很是耐人寻味。由此推

知，此篇绝非一般的怀人念友之作。

点绛唇（寄南海梁药亭*）

一帽征尘
留君不住从君去
片帆何处
南浦沉香雨

回首风流
紫竹村边住
孤鸿语
三生定许　可是梁鸿侣

【注释与鉴赏】

*梁药亭：梁佩兰，字药亭，别号柴翁，晚更号郁洲。清初著名诗人。

上片从实处着笔，写药亭意欲南归，即将踏上归途，要回到多雨的家乡去，道出了留也留不住的惜别眷恋之情。下片是化实为虚，用想象的话说出，其中有人有我，于诙谐幽默之中窥得纳兰对梁药亭的一往情深。

剪湘云（送友）

险韵慵拈　新声醉倚
尽历遍情场　懊恼曾记
不道当时断肠事
还较而今得意
向西风约略数年华
旧心情灰矣

正是冷雨秋槐　鬓丝憔悴
又领略愁中送客滋味
密约重逢知甚日
看取青衫和泪
梦天涯绕遍尽由人
只樽前迢递

【注释与鉴赏】

词中上片前二句采用新声填词，继二句描述往日情场失意的懊恼还历历在目，但再二句则翻转而出，指出今日的失意要比往日的失意更巨、更令人沉重和悲痛，暗透了送别的伤感和悲切。最后二句说无论今昔皆是“情灰矣”。下片转到对送友离别、怨别、惜别等多种难以压制意绪的抒写，层层入深，交织融渗。最后推出一笔去写，情致绵长，伤感倍增，令人唏嘘。

金缕曲（慰西溟*）

何事添凄咽
但由他　天公簸弄*
莫教磨涅*
失意每多如意少
终古几人称屈
须知道　福因才折
独卧藜床看北斗
背高城　玉笛吹成血
听谯鼓　二更彻

丈夫未肯因人热
且乘闲　五湖料理
扁舟一叶
泪似秋霖挥不尽
洒向野田黄蝶
须不羡　承明班列
马迹车尘忙未了
任西风　吹冷长安月
又萧寺　花如雪

【注释与鉴赏】

*西溟：姜宸英之字，又字湛园，擅词章，工书画，生性疏放，年七十方成进士，又以顺天乡试案被牵连而死狱中。纳兰与之结识甚早，交游甚厚。*簸弄：玩弄、播弄。*磨涅：磨砺浸染。

这首词紧扣一个“慰”字，对西溟尽出肺腑。“但由他、天公簸弄，莫教磨涅”是说既然命运不济，屡试不第，不如索性放开胸怀，任老天爷捉弄，但不能因此而折磨自己。后边，词人还提到，即使求官不成，却正好能够像范蠡一样，泛游五湖，消闲隐居，陶然自乐。这也是纳兰向往的生活。

金缕曲（谁复留君住）

姜西溟言别，赋此赠之

谁复留君住
叹人生　几翻离合
便成迟暮
最忆西窗同剪烛
却话家山夜雨
不道只　暂时相聚
衮衮长江萧萧木
送遥天　白雁哀鸣去
黄叶下　秋如许

曰归因甚添愁绪
料强似　冷烟寒月
栖迟梵宇
一事伤心君落魄
两鬓飘萧未遇
有解忆　长安儿女
裘敝入门空太息
信古来才命真相负
身世恨　共谁语

【注释与鉴赏】

本词上片言面对姜西溟离去的惜别之情，下片写对其慰藉之意。值得注意的是，姜西溟因母丧南归，但词中绝少提及此事，而是以惋惜、同情其不第而回，仕宦不遂之身世为主，由此亦可见纳兰对姜西溟“才命相负”的身世有着极大的悲愤和不平。

潇湘雨（送西溟归慈溪）

长安一夜雨
便添了几分秋色
奈此际萧条
无端又听　渭城风笛
咫尺层城留不住
久相忘　到此偏相忆
依依白露丹枫
渐行渐远
天涯南北

凄寂　黔娄*当日事
总名士如何消得
只皂帽蹇驴*
西风残照　倦游踪迹
廿载江南犹落拓
叹一人知己终难觅
君须爱酒能诗
鉴湖无恙
一蓑一笠

【注释与鉴赏】

黔娄：人名，春秋时人。黔娄家贫，不肯出仕，死时衾不蔽体。

皂帽蹇驴：皂帽，黑色的帽子。蹇驴，跛脚的驴。

这是一首赠别友人姜西溟的词。词中既有对世事的怨愤与不平，也有对姜西溟的诚挚友谊。词中真情流露，深情洋溢，劝慰与牢骚纵横交织，才调纵横。

点绛唇（小院新凉）

小院新凉
晚来顿觉罗衫薄
不成孤酌

形影空酬酢*
萧寺怜君
别绪应萧索
西风恶
夕阳吹角
一阵槐花落

【注释与鉴赏】

*酬酢（chóu zuò）：指宾客相互敬酒，主敬客曰酬，客敬主曰酢。

这首词是因触景伤怀而思念友人所作，从“萧寺怜君”句看，这首词是写给姜西溟的。词极空灵清丽，景情交融，婉约深致。

水龙吟（再送荪友*南还）

人生南北真如梦
但卧金山高处
白波东逝　乌啼花落
任他日暮
别酒盈觞　一声将息
送君归去
便烟波万顷　半帆残月
几回首　相思否

可忆柴门深闭
玉绳低　翦灯夜语
浮生如此　别多会少
不如莫遇
愁对西轩　荔墙叶暗
黄昏风雨
更那堪几处
金戈铁马　把凄凉助

【注释与鉴赏】

荪友：严绳孙之字，清初诗人、文学家、画家，康熙十二年（1673）与十九岁的纳兰相识，结为知己。

本篇所表达的是怆然伤别的真挚友情。值得注意的是篇末的“更那堪几处，金戈铁马，把凄凉助”三句，将国事与离别之时的眷恋友情溶为一体，遂使此词境界阔大，跌宕有致，才调纵横。

临江仙（寄严荪友）

别后闲情何所寄　初莺早雁相思　如今憔悴异当时　飘零心事　残月落花知

生小不知江上路　分明却到梁溪　匆匆刚欲话分携　香消梦冷　窗白一声鸡

【注释与鉴赏】

生小：生来。分携：分手。

“别后闲情何所寄，初莺早雁相思”，是借春去秋来之景，表达对友人的刻骨相思。词的下片指出，由于自己生来就不熟悉江南的道路，所以不能前去寻找日思夜想的友人，只能在梦里“分明却到梁溪”。如此虚拟之笔，浪漫感人。最后两句，令人不胜惆怅叹惋。真挚的友情，深切的怀念，在言辞间，表达得淋漓尽致。

金人捧露盘（藕风轻）

净业寺观莲，有怀荪友

藕风轻　莲露冷　断虹收
正红窗初上帘钩
田田翠盖
趁斜阳鱼浪香浮
此时画阁垂杨岸
睡起梳头

旧游踪　招提*路　重到处
满离忧　想芙蓉湖上悠悠
红衣狼藉
卧看桃叶送兰舟
午风吹断江南梦
梦里菱讴*

【注释与鉴赏】

*招提：梵语，原为四方之意，此处代指净业寺。*菱讴：采菱人所唱之歌。

这首词中说的“观莲”“有怀”，显然是继前次而来，抒写其故地重游，触景生情，油然而起对友人深情的怀念。上片重在“观莲”二字的刻画，下片重在“有怀”的感发。由景及情，又情景交融，极具浪漫色彩。

浣溪沙（寄严荪友）

藕荡桥边理钓筒
苎萝*西去五湖*东
笔床茶灶太从容
况有短墙银杏雨
更兼高阁玉兰风
画眉闲了画芙蓉

【注释与鉴赏】

*苎萝：苎萝山，在浙江省诸暨市南。*五湖：太湖。

这首词全部利用想象之语，从对面写来，写法别致。纳兰不言自己对友人的怀念，而是通过想象，写对方归隐的放情自乐，满怀深情地描绘了南归故里的荪友的生活情景。这种写法使意境更为深邃，更加倍地表达出对友人深切思念的情怀。

临江仙（谢饷樱桃）

绿叶成阴春尽也
守宫偏护星星
留将颜色慰多情
分明千点泪
贮作玉壶冰
独卧文园方病渴
强拈红豆酬卿
感卿珍重报流莺
惜花须自爱
休只为花疼

【注释与鉴赏】

辽、金有“荐新”“献时新”的旧俗，即或由皇帝赏赐大臣，或达官贵人相互赠送刚刚成熟的果物珍品。樱桃在古代一直被视为果中珍品，因此在仲夏成熟之日相互馈赠。此词便是词人得到了友人馈赠的樱

桃，填词以示答谢。平常看来，这种应酬之作易入俗流，但本篇却情真意深，措词委婉，且词中隐含骚雅的情韵，因此不失为一篇佳作。

浣溪沙（谁道飘零不可怜）

西郊冯氏园*看海棠，因忆《香严词》有感

谁道飘零不可怜
旧游时节好花天
断肠人去自经年

一片晕红才着雨
几丝柔绿乍和烟
倩魂销尽夕阳前

【注释与鉴赏】

西郊冯氏园：明朝时的一座园林，在北京阜成门外。

纳兰曾与龚鼎孳曾乘兴畅游冯氏园看海棠。龚氏去世后，纳兰故地重游，念及昔时情形，不免触景伤情，故作此词。整篇词婉媚空灵，恍惚迷离，令人荡气回肠。王俨斋曾评价它“柔情一缕，能令九转肠回。虽山抹微云，君不能道也”。

蝶恋花（散花楼送客）

城上清笳城下杵
秋尽离人
此际心偏苦
刀尺又催天又暮
一声吹冷蒹葭浦

把酒留君君不住
莫被寒云
遮断君行处
行宿黄茅山店路
夕阳村社迎神鼓

【注释与鉴赏】

清笳：凄清的胡笳声。

词由景起，由秋天将尽，清笳声叠和着砧杵声传来入笔，营造了一片凄凉的氛围。这个时候，“客”将上路远行，置酒送别，内心深处自是凄凉悲苦，故云“心偏苦”。下片由眼前饯别之情景设想“客”在旅途上的虚拟景况，更突出了恋友之情和离别伤感之意。

忆桃源慢（斜倚熏笼）

斜倚熏笼　隔帘寒彻
彻夜寒如水
离魂何处　一片月明千里
两地凄凉　多少恨
分付药炉烟细
近来情绪　非关病酒
如何拥鼻长如醉
转寻思不如睡也
看道夜深怎睡

几年消息浮沉
把朱颜顿成憔悴
纸窗凤裂　寒到个人衾被
篆字香消灯灺冷
忽听塞鸿嘹唳
加餐千万　寄声珍重
而今始会当时意
早摧人一更更漏
残雪月华满地

【注释与鉴赏】

炧（xiè）：灯烛余烬。

通观全文，这首词是纳兰于塞上所作，意为表达思亲、念友的情感。词中首先表露出塞上苦寒、彻夜无眠的况味，借凄冷、孤清、幽怨之景，抒思念情怀，伤感之至。其反复刻画塞上寒夜，孤寂之苦，反衬深切的相思情怀，景情交融，极尽缠绵屈曲，婉转深挚之致。

蝶恋花（尽日惊风吹木叶）

尽日惊风吹木叶
极目嵯峨
一丈天山雪
去去丁零愁不绝
那堪客里还伤别

若道客愁容易辍
除是朱颜
不共春销歇
一纸乡书和泪摺
红闺此夜团栾月

【注释与鉴赏】

去去：一步一步地远行，越走越远。

“尽日惊风吹木叶，极目嵯峨，一丈天山雪。”描写的是塞外景象。狂风整日呼啸，极目望去，苍茫的山脚下林叶尽落，积雪盈丈，一片皑皑。反衬出作者远行塞外，有着道不尽的客愁。全词用笔简单，却动人心弦，别有风情。

霜天晓角（重来对酒）

重来对酒
折尽风前柳
若问看花情绪
似当日　怎能彀*

休为西风瘦
痛饮频搔首
自古青蝇白璧*
天已早安排就

【注释与鉴赏】

*彀：同“够”。*青蝇白璧：喻小人谗谤好人，污人清白。青蝇，苍蝇。白璧，白玉。

这首词像是纳兰与友人共酌之时的有感而发。上片说如今重又对酒却是作别，因而心境与当日大不一样，饱含依依惜别之情。下片笔锋一转，转入对世事人生的感叹，结尾处大有不平之鸣，同时也含有互为劝慰之意。

塞上篇

雄浑郁勃的边塞风情，与唐朝一脉相承

纳兰词中有不少是描写边塞的，带有雄浑郁勃之美，境界阔大，景物壮观。这是他凄婉缠绵的情词所没有的。尽管如此，纳兰性德始终有点不愉快，很少有开怀乐观的。在这些词中表述最多的是怀乡思亲的离恨与别怨。

譬如《长相思》（山一程）、《如梦令》（万帐穹庐人醉），这两首被王国维评之为“千古壮观”。词中写尽了厌于扈从，思土怀乡的情怀，还深含难以言状的隐怨。除了兴亡之叹，无可奈何的悲慨中还含有难以言说的苦楚和隐怨。

唐朝的边塞诗在美学史上占据着十分重要的地位。体现了一种阳刚之美。一方面以夸张、对比、衬托的手法对战争残酷、环境恶劣进行展示，另一方面，凸显人面对战争时奔涌出的巨大精神力量。晚唐时期，经过无数战乱的唐朝更加衰落，这段时期的边塞诗全无初唐时期的豪迈，多写思念故里之情。而纳兰词中关于边塞的作品，似乎包含着盛唐时期的雄浑与浪漫，又带着恰似晚唐的思乡怨念。不过，这跟时代背景有着很大的关系，纳兰性德在词里表达的忧思怨念只是对自己羁旅天涯的不满。

临江仙（六曲阑干三夜雨）

塞上得家报，云秋海棠开矣，赋此

六曲阑干三夜雨
倩谁护取娇慵
可怜寂寞粉墙东
已分裙衩绿
犹裹泪绡红

曾记鬓边斜落下
半床凉月惺忪
旧欢如在梦魂中
自然肠欲断
何必更秋风

【注释与鉴赏】

这首词是纳兰身在塞外收到家书后所作。那一天，纳兰公子身虽在塞上，却心系故园，思念着闺中人。词人化虚为实，从想象落笔，遥想家中“粉墙东”那“娇慵”“寂寞”，经过“三夜雨”后，娇艳地开放的情形。继而转入追忆，描绘的令人怀恋的往日美好时光与此时自己孤单一身形成鲜明的对比，表达出“肠欲断”的郁结凄苦之情。

临江仙（永平*道中）

独客单衾谁念我
晓来凉雨飕飕
缄书欲寄又还休
个侬*憔悴
禁得更添愁

曾记年年三月病
而今病向深秋
卢龙风景白人头
药炉烟里
支枕听河流

【注释与鉴赏】

永平：清代永平府，在今山海关一带，纳兰扈驾巡游关外，此为必经之地。个侬：那人。

用词体咏边塞风情，宋元以来实为鲜见。纳兰一生中曾几度扈驾宸游或奉命出使塞上，写了几十首边塞词，对词史来说是一大贡献。这些词中不无豪迈的气度和壮阔的场面，但绝少开怀乐观，大多表达苍凉悲怆的意绪。严迪昌《清词史》云："几乎是孤臣孽子的情绪。"这首词也是如此。

百字令（宿汉儿村）

无情野火
趁西风烧遍　天涯芳草
榆塞*重来冰雪里
冷入鬓丝吹老
牧马长嘶　征笳乱动
并入愁怀抱
定知今夕
庾郎*瘦损多少

便是脑满肠肥
尚难消受　此荒烟落照
何况文园憔悴后
非复酒垆风调
回乐峰寒　受降城远
梦向家山绕
茫茫百感
凭高唯有清啸

【注释与鉴赏】

榆塞：即榆关，边关之意。庾郎：指北周诗人庾信。

根据词中的"回乐峰""受降城"等，猜想应该是纳兰出使塞上的途中所作。上片写塞上满目荒凉萧索、凄冷苦寒之景，同时借用庾郎的典故映射自己，表达了凄然伤感的情怀。下片采用"便是""何况"的迭进句法，并用文园憔悴等典实，突出此刻的乡关客愁、郁结难遣的心境。结尾句处以"惟有清啸"跌宕起伏，情韵绵远深挚，十分感人。

浣溪沙（欲寄愁心朔雁*边）

欲寄愁心朔雁边　　古戍烽烟迷斥堠*
西风浊酒惨离颜　　夕阳村落解鞍鞯
黄花时节碧云天　　不知征战几人还

【注释与鉴赏】

朔雁：北方边地的大雁。斥堠：在边境负责侦察敌情的小队人马，这里指边关哨所。

这是纳兰出使边塞之时，又于客中送别，推己及人，联想到长年戍守边关的将士，于是悲悯和伤怀之感难遣，遂作此篇。本篇上片写客中送客，结句以景烘托“客愁”与“别离”的苦况。下片写边关荒凉凄清之景，结句点出悲悯之意。

浣溪沙（身向云山那畔行）

身向云山那畔行　　一抹晚烟荒戍垒*
北风吹断马嘶声　　半竿斜日旧关城
深秋远塞若为情　　古今幽恨几时平

【注释与鉴赏】

戍垒：边防的营垒。戍，保卫。

词中把马嘶北风、荒烟古垒、夕阳孤城融在边塞的秋色里，烘托一片悲凉。全篇除结句外皆出之以景语，描绘了深秋远塞，荒烟落照的凄凉之景，而景中又无处不含苍凉孤苦的今昔之感，可谓景情纵横。最后感慨“古今幽恨几时平”，点明主旨。

浣溪沙（古北口）

杨柳千条送马蹄
北来征雁旧南飞
客中谁与换春衣
终古闲情归落照
一春幽梦逐游丝
信回刚道别多时

【注释与鉴赏】

本篇究竟作于何时，无从考证。不过可以从词中“谁与换春衣”猜测，可能作于康熙二十一年春末。这首词仍是表达了厌于扈从羁旅的苦闷，怀思家园、思念闺中人的情怀。

浣溪沙（大觉寺）

燕垒空梁画壁寒
诸天花雨散幽关
篆香清梵有无间
蛺蝶乍从帘影度
樱桃半是鸟衔残
此时相对一忘言

【注释与鉴赏】

这是一首纪游之作，先是描绘了大觉寺内外的凄清萧瑟景象，然后叹惋自己在这幽寂的寺庙里感受到的一种难以名状的人生感悟。其中，上下两片的结句是点睛之笔，表达了些许淡淡的伤愁悲感，细细品来不免感到消极，却也意蕴悠然，令人回味悠长。

浣溪沙（已惯天涯莫浪愁）

已惯天涯莫浪愁*
寒云衰草渐成秋
漫因睡起又登楼
伴我萧萧惟代马*
笑人寂寂有牵牛
劳人只合一生休

【注释与鉴赏】

浪愁：空愁。代马：代州辖境盛产良马，所以，这里的代马指的是良马。

此篇颇含怨情，深切表达出长期扈从天涯，有家不得归、有妻不得伴的隐恨。在自嘲的口吻中流露出对护卫生涯长期羁旅的厌倦。长年累月地奔波，不得不与亲人离散，这相思郁结之情让纳兰备受煎熬，因此更烦闷于无休止的羁旅。本篇中的幽怨隐恨溢满了字里行间，表达了词人的真切心情。

浣溪沙（万里阴山万里沙）

万里阴山*万里沙　　魂梦不离金屈戌*
谁将绿鬓斗霜华　　画图亲展玉鸦叉*
年来强半在天涯　　生怜瘦减一分花

【注释与鉴赏】

阴山：今河套以北、大漠以南诸山的统称。屈戌：门窗上的环钮、搭扣。玉鸦叉：玉丫叉。借指闺里人之容貌。

本篇也是一首羁旅之作，抒发了词人出使万里荒漠，与妻子分离的相思痛苦之情。上片写年来大半在塞外空度，岁月流逝无助，徒增白发些许。下片写离愁别恨，用虚设之笔，想象离魂还家，却见妻子瘦减。如此用笔便加倍表达出深切的思念之情。

浣溪沙（小兀喇*）

桦屋鱼衣柳作城
蛟龙鳞动浪花腥
飞扬应逐海东青*

犹记当年军垒迹
不知何处梵钟声
莫将兴废话分明

【注释与鉴赏】

*兀喇：亦作乌喇，即今吉林省吉林市。*海东青：鸟名，雕之一种，性凶猛，产于黑龙江下游一带。

词的上片勾画出小兀喇的特异景色和风俗民情。下片则转为抒发对兴亡的哀叹。因小乌喇一带曾是纳兰家族的领地，而词人到此不能太明显联想起当年叶赫部被爱新觉罗部族灭的往事，故其结句所表达的是一种深隐的感慨。本词先扬后抑，不免郁结满腹，似寓有难言的隐恨。

相见欢（微云一抹遥峰）

微云一抹遥峰
冷溶溶
恰与个人*清晓画眉同

红蜡泪　青绫被
水沉浓
却与黄茅野店听西风

【注释与鉴赏】

*个人：犹言那人，指意中人。

词的上片写丈夫思念远方妻子。遥看山峰，山色青黛，联想起她清晓所画的眉形。下片转写妻子对丈夫的思念。长夜漫漫，独对红烛，拥锦衾玉被，人在屋内，但思绪却早飞到天边，与心上人一起在荒村野店听西风劲吼。那个人，此时正身在远方，停宿黄茅野店，耳畔是西风

猎猎，又怎能不凄迟伤感，孤清寂寞呢？

忆秦娥（龙潭口）

山重叠
悬崖一线天疑裂
天疑裂
断碑题字
古苔横啮

风声雷动鸣金铁
阴森潭底蛟龙窟
蛟龙窟
兴亡满眼
旧时明月

【注释与鉴赏】

有人评论说纳兰的这首词“感慨倍多，叠总腾越”，是一首深受儒家文化影响的作品。的确，儒家文化对纳兰的影响颇深。此篇的苍凉慷慨，寄思遥深，其不胜兴亡之叹，无限怅惘之情，确实深挚感人。词中虽多处应景而作，但寓意深厚。本就是塞外之作，更深藏塞外之情，因而本篇不失为一篇佳作。

浪淘沙（望海）

蜃阙半模糊
踏浪惊呼
任将蠡测笑江湖
沐日光华还浴月
我欲乘桴

钓得六鳌无
竿拂珊瑚
桑田清浅问麻姑
水气浮天天接水
那是蓬壶

【注释与鉴赏】

纳兰词多伤感之作，而这首词却一反常态，以欢娱惊喜的心情，激昂豪迈的笔调，又化用古典神话、历史故事等铺陈渲染，一改伤感基调的惯例。本词作为特例，就好似纳兰换了一种口味，然而词中风格虽有变化，笔调却依旧是纳兰惯用的方式。本篇也多处用典，把典故巧妙地化用到词篇中来，丰富了词的表达形式和内容。

浪淘沙（野店近荒城）

野店近荒城
砧杵无声
月低霜重莫闲行
过尽征鸿书未寄
梦又难凭

身世等浮萍
病为愁成
寒宵一片枕前冰
料得绮窗孤睡觉
一倍关情

【注释与鉴赏】

上片由描述野宿孤寂入手，转而写月夜相思，独不能寐。虽然鸿雁过尽，然而书信不达，纵有好梦也难遣愁怀。下片推开去写长期羁旅在外的身世之感和此刻凄清孤寂的无奈，因而愁苦成病。后三句则转为虚写，从对方写来，料想此时闺中的妻子念及远方的自己，更会触动心绪，郁结伤情，这就加倍地表达出相思的恨怨之情。

好事近（马首望青山）

马首望青山
零落繁华如此
再向断烟衰草
认藓碑题字

休寻折戟话当年
只洒悲秋泪
斜日十三陵下
过新丰猎骑

【注释与鉴赏】

上片着重写景，景中流露的满是凄怆之情，下片侧重寓情于景，重在抒情。不过此词笔触不在打猎本身，而是写猎场的风景及内心感受，其中不乏悲怆之音，感伤之意。结处二句，所绘情景形成鲜明对比，颇含兴亡之感和轮回之叹，发人深思，启人联想。

采桑子（严霜拥絮频惊起）

严霜拥絮频惊起	香篝翠被浑闲事
扑面霜空	回首西风
斜汉*朦胧	何处疏钟
冷逼毡帷火不红	一穗灯花似梦中

【注释与鉴赏】

*斜汉：天河、银河。

这首词以景叙情，显得很是凄寒、孤寂。上片全用景语，写塞上寒夜，而景中蕴含凄苦伤感。下片采用虚实相交的写法，表述似梦非梦的心理感受，更突显孤凄情怀难遣。词中景情纵横，含思微妙，良多蕴致。足见得纳兰忧思颇多，以至于连梦都做得不太踏实。

采桑子（九日）

深秋绝塞谁相忆　佳时倍惜风光别
木叶萧萧　不为登高
乡路迢迢　只觉魂销
六曲屏山和梦遥　南雁归时更寂寥

【注释与鉴赏】

词的上片由景入手，写绝塞秋深的一片萧条荒凉景象，渲染了凄清孤寂的氛圈。下片点明佳节思亲之意，结句又承之以景，借雁南归而烘托自己的无奈、反衬出此刻寂寥的苦况和深切的思亲之情。

采桑子（居庸关）

巂周声里严关峙　行人莫话前朝事
匹马登登　风雨诸陵
乱踏黄尘　寂寞鱼灯
听报邮签第几程　天寿山头冷月横

【注释与鉴赏】

巂（guī）周：指车轮转一周。巂通“规”。邮签：古代驿馆夜间报时之器，即漏筹。

这首词采用上景下情的写法，上片描绘了居庸关的险要严峻，征途仆仆风尘，鞍马劳顿的情景。下片忽而转入对“前朝事”的抒怀感慨，勾画了一番萧条孤寂、凄清荒凉的景象，其中含蕴了对历史的沉思

和哀叹，对胜衰兴亡的幽怨。这种哀伤幽怨的情调，也正是纳兰此类词共有的特色。

南楼令（塞外重九）

古木向人秋
惊蓬掠鬓稠
是重阳何处堪愁
记得当年惆怅事
正风雨　下南楼

断梦几能留
香魂一哭休
怪凉蟾空满衾裯
霜落乌啼浑不睡
偏想出　旧风流

【注释与鉴赏】

上片写塞外重阳日之景，蓬草联飞，萧瑟荒凉。而此景又不禁触动了离愁与相思，遂追忆当年重阳的往事，惆怅的情怀就更加浓重了。下片写此时相思之情况。先是写梦断忆梦，梦中的妻子音容宛然，但好梦却难留。然后以“凉蝉”、“霜落乌啼”等情景再加渲染烘托，更为深切动人。

点绛唇（黄花城*早望）

五夜*光寒
照来积雪平于栈
西风何限
自起披衣看

对此茫茫
不觉成长叹
何时旦　晓星欲散
飞起平沙雁

【注释与鉴赏】

黄花城：在今北京怀柔县境内。五夜：五更。

这首词勾画了黄花城雪后将晓的景象，采用白描写法，但朴质中饶含韵致，清奇中饱含情味，将黄花城奇异的景观，词人百无聊赖的心绪渲染得淋漓尽致。那时的天还没有完全亮，而词人却披衣而起，看到了破晓的光芒照射着积雪，西风依旧不知疲惫地吹着的满目苍凉之景。

蝶恋花（出塞）

今古河山无定据
画角声中
牧马频来去
满目荒凉谁可语
西风吹老丹枫树

从前幽怨应无数
铁马金戈
青冢黄昏路
一往情深深几许
深山夕照深秋雨

【注释与鉴赏】

这是一首出塞词，纳兰奉命与副都统郎谈等远赴梭龙，此词乃途中所作，那时他二十九岁。词中极尽苍凉之景，却也不乏慷慨，内蕴良多，似深含隐恨，同时，也难掩纳兰的英雄气概。毛泽东看完此词后批语“看出兴亡”（《毛泽东读文史古籍批语集》）点出此篇要旨。

长相思（山一程）

山一程
水一程
身向榆关那畔行
夜深千帐灯

风一更
雪一更
聒碎乡心梦不成
故园无此声

【注释与鉴赏】

榆关：山海关，因在河北临榆县，故称。聒（guō）碎：吵闹的声音将思乡的梦境搅碎。聒，吵闹声。故园：故乡，这里指纳兰在京城的家。

此词作于出山海关之时。“山一程，水一程。身向榆关那畔行”，可以看出的是，一更风雪一更愁。接下去的“夜深千帐灯”，体现了大军扎营的壮观景象。一首《长相思》，溶细腻情感于雄壮景色之中，极尽非凡。此种况味，此种情调，淋漓尽致地表现了词人内心深处的悲怆与伤感。

如梦令（万帐穹庐人醉）

万帐穹庐人醉
星影摇摇欲坠

归梦隔狼河*
又被河声搅碎
还睡　还睡
解道醒来无味

【注释与鉴赏】

*狼河：白狼河的简称，现在称大凌河，位于辽宁省，流入渤海湾。

无论是哪个角度的纳兰，细读纳兰词均会发现，豪放是外在的风骨，忧伤才是内敛的魂灵。“万帐穹庐人醉”一句勾勒出无限风光，人尚留在“星影摇摇欲坠”的壮美凄清中未及回神，“归梦隔狼河”的现实残酷已逼迫眼前，将人本就难圆的梦击得粉碎。

菩萨蛮（朔风吹散三更雪）

朔风吹散三更雪
倩魂犹恋桃花月
梦好莫催醒
由他好处行
无端听画角
枕畔红冰薄
塞马一声嘶
残星拂大旗

【注释与鉴赏】

朔风：边塞外凛冽的北风。倩魂：指梦中之人。

“塞马一声嘶，残星拂大旗”，是这首词的亮点之一，激昂慷慨而显得刚劲，比曲意委婉更让人回味。这首词还有一处妙点，就是它的词旨有一点扑朔迷离的味道，可以解做闺中人思念征人，或为征夫怀念家人。

菩萨蛮（问君何事轻离别）

问君何事轻离别
一年能几团圆月
杨柳乍如丝
故园春尽时
春归归不得
两桨松花隔
旧事逐寒潮
啼鹃恨未消

【注释与鉴赏】

松花：指松花江。这里是说被松花江阻隔，不能回去。

由“问君何事轻离别”起笔，接着是感叹“一年能几团圆月”，惆怅之意由此而出，不禁让人心生恨意。“旧事逐寒潮，啼鹃恨未

消。”结句是描写此时心态的，即追思往事，令人心寒，犹如眼前松花江水的寒潮起伏，久久难以平静。此种厌于扈从的情绪，在纳兰的词中时有流露。

菩萨蛮（宿滦河*）

玉绳*斜转疑清晓
凄凄月白渔阳道
星影漾寒沙
微茫织浪花

金笳鸣故垒
唤起人难睡
无数紫鸳鸯
共嫌今夜凉

【注释与鉴赏】

滦河：在河北省东北部。玉绳：星名。此处代指北斗星。

“玉绳斜转疑清晓，凄凄月白渔阳道。”全用白描之笔，写夜宿滦河，月下的景色，朦胧而凄迷。无数的繁星，倒影映在寒冷的滦河水中，伴着微波泛起的浪花，词人刻画出一幅美丽的塞外夜景图，别有一种风光。结尾处以鸳鸯的双宿双飞反衬出了词人的孤独寂寥。整篇词先写景后抒情，情景交融，浑然一体，清丽自然。

菩萨蛮（荒鸡再咽天难晓）

荒鸡再咽天难晓
星榆落尽秋将老
毡幕绕牛羊
敲冰饮酪浆

山程兼水宿
漏点清钲续
正是梦回时
拥衾无限思

【注释与鉴赏】

这首词描绘边塞行役的生活并写思念家园之情，深致朴实，委婉意深。上片皆写景，而景物无不含凄然愁情。下片写行止无定，夜以继日漂泊，唯梦中可暂得安慰，但好梦总归是梦，现实是残酷的，留下的只是无限的苦思。

菩萨蛮（榛荆满眼山城路）

榛荆满眼山城路
征鸿不为愁人住
何处是长安
湿云吹雨寒

丝丝心欲碎
应是悲秋泪
泪向客中多
归时又奈何

【注释与鉴赏】

在远行的征人看来，山城之路是萧瑟荒凉的，在丝丝秋雨中，羁旅的愁思以及对亡妻的哀悼愈加凄迷惨痛。天上的“征鸿”尚可自由地飞来飞去，而出征远行的人却不知归期是何时，叫人怎奈愁思啊。情与景交融，思乡之情与亡妻之悲融汇一身，伤感难耐，令人感动。

菩萨蛮（黄云紫塞*三千里）

黄云紫塞三千里
女墙*西畔啼乌起
落日万山寒
萧萧猎马还

笳声听不得
入夜空城黑
秋梦不归家
残灯落碎花

【注释与鉴赏】

紫塞：原指长城，这里泛指北方的边塞。女墙：城墙上呈凹凸状的短墙。

整首词除了“秋梦不归家”写情，其他皆是写景之句，景中暗含情。入夜之后的景色更是荒漠凄凉，煞是萧索，此情此景，渲染一种孤独气氛，烘托出思乡的悲怆心情。军营内的纳兰，面对残灯，面对落花，内心越发感觉悲凉孤寂，不禁怆然泪下。

菩萨蛮（飘蓬*只逐惊飙*转）

飘蓬只逐惊飙转
行人过尽烟光远
立马认河流
茂陵*风雨秋
寂寥行殿锁
梵呗琉璃火
塞雁与宫鸦
山深日易斜

【注释与鉴赏】

飘蓬：飞扬的蓬蒿。惊飙：狂风、暴风。茂陵：指明十三陵之宪宗朱见深的陵墓。

怀古作品的意象主要有皇陵、废殿、夕阳、风雨等，以上这些容若的这首词中全都有，读之仿佛在欣赏一幅《明陵日暮图》：婉曲不乏深致，画意幽静明远，而其不胜今昔之感，清晰可见其哀叹历史兴亡。整首词虽然几乎全是白描写景，可是苍凉之感跃然纸上！

菩萨蛮（白日惊飙冬已半）

白日惊飙冬已半
解鞍正值昏鸦乱
冰合大河流
茫茫一片愁
烧痕空极望
鼓角高城上
明日近长安
客心愁未阑

【注释与鉴赏】

词中描绘之景物无不昏暗衰颓，给人凄然不欢之感，景中含情，故而词人所隐之情便不言而喻。纳兰的多情导致了一生的郁郁寡欢，似乎是可触可感的，我们从他的行踪、他眼中的世界、他笔下的情怀可以揣摩出几分。

一络索（过尽遥山如画）

过尽遥山如画
短衣匹马
萧萧木落不胜秋
莫回首斜阳下

别是柔肠萦挂
待归才罢
却愁拥髻向灯前
说不尽离人话

【注释与鉴赏】

这首词仍为远赴塞外之作，抒离愁别恨之情。纳兰将这首词写得如诗如画，极有浪漫主义色彩，极显情味。词的上片描绘征途之景，其见闻感受皆从自己角度落墨，下片则是从闺中人一方写来，是作者假想中的情景。小词结构别致，仍采用上景下情的常见之法，但下笔细腻，极有浪漫的特色。

一络索（野火拂云微绿）

野火拂云微绿
西风夜哭
苍茫雁翅列秋空
忆写向屏山曲

山海几经翻覆
女墙斜矗
看来费尽祖龙心
毕竟为谁家筑

【注释与鉴赏】

祖龙：秦始皇。

纳兰主张词要具“风人”之旨，托体正大，务求充实。本篇即可视为一例。自古以来人们对秦始皇修筑长城之举褒贬不一，正所谓任何事物都有两面性，本篇也寓含借古鉴今之深意。词先写景后抒情，为常见之法，但满纸可见其忧患意识和苍凉悲感，深具词人有感而发的魅力，令人回味无穷。

月上海棠（中元塞外）

原头野火烧残碣
叹英魂才魄暗销歇
终古江山
问东风几番凉热
惊心事
又到中元时节

凄凉况是愁中别
枉沉吟千里共明月
露冷鸳鸯
最难忘满池荷叶
青鸾杳
碧天云海音绝

【注释与鉴赏】

中元：中元节，农历七月十五日，又称“七月半”“鬼节”。

这首词有着双重的悲慨。全篇幽思惆怅，婉转曲宕，古今情、思乡情交织浑融，凄恻哀婉之至。上片写正值“鬼节”，面对眼前荒漠的残碑断碣，不禁想到了古往今来的“英魂”，无论贤愚不肖，皆成过去，即使是“才魄”超人，也都消失了。中元之日更起思亲之情，故下片推开去写，从闺中人的角度落笔，写伤离怨别之意，这是又一重悲感。

清平乐（烟轻雨小）

烟轻雨小
望里青难了
一缕断虹垂树杪
又是乱山残照

凭高目断征途
暮云千里平芜*
日夜河流东下
锦书应记双鱼

【注释与鉴赏】

*平芜：指草木丛生的平旷的原野。

词中的情全蕴含于景物，可谓写景便是抒情，“轻烟”“小雨”“青山”等景象在词人的眼中显得苍茫而凄凉。人世间最无奈也无法避免的便是离别，我们的相思之苦也是无处可藏。唯一能聊以慰藉的便是一来一往的书信。

清平乐（发汉儿村题壁）

参横*月落
客绪从谁托
望里家山云漠漠
似有红楼一角

不如意事年年
消磨绝塞风烟
输与五陵公子*
此时梦绕花前

【注释与鉴赏】

*参横：参星横斜，即夜已深。*五陵公子：指京都中的富豪子弟。

此篇上片侧重于写景，前二句实写，后二句为虚写。想象“似有

红楼一角”，表达了对闺人的思念，其情至深至切。下片侧重写情，直抒胸臆，结尾句既是怨情，又与上片遥相呼应。前后回环往复，直而能曲，曲中见直，给人以缠绵委婉之感。

清平乐（角声哀咽）

角声哀咽
襆被驮残月
过去华年如电掣
禁得番番离别

一鞭冲破黄埃
乱山影里徘徊
蓦忆去年今日
十三陵下归来

【注释与鉴赏】

襆（pú）被：用包袱捆上衣被。

此篇仍是一行役之作，跌宕婉曲，转折入深，与众不同。上片前二句写旅途的艰辛凄凉，描绘其在哀角声中、马背行囊上度过的日日夜夜，先写景后抒情，可见伤感之极。下片仍是前景后情，描写黄昏日暮之景，阵阵黄尘，重重山影，行路匆匆，此等情景怎不令人怅惘。后二句转笔追忆去年眼前之情景，其惘然失落，怀归之意便倍加翻出。

清平乐（麝烟深漾）

麝烟深漾
人拥缑笙氅
新恨暗随新月长
不辨眉尖心上

六花斜扑疏帘
地衣红锦轻沾
记取暖香如梦
耐他一晌寒岩

【注释与鉴赏】

缑（gōu）笙氅：犹如仙衣道服式的大氅。六花：雪花。地衣：地毯。

此篇纳兰化用李清照的“才下眉头，却上心头”之愁情语，即“不辨眉尖心上”，又接于“新恨暗随新月长”句后，表明其无尽的愁情。词中景中有情，寄情于景，情景交织相融。语言平淡朴实，情却深致绵长。

清平乐（弹琴峡*题壁）

泠泠*彻夜
谁是知音者
如梦前朝何处也
一曲边愁难写

极天关塞云中
人随落雁西风
唤取红襟翠袖
莫教泪洒英雄

【注释与鉴赏】

*弹琴峡：在京北居庸关内，水流石罅，声若弹琴。*泠（líng）泠：形容水流声清脆。

词中抒发了关塞行役中的“边愁”，并将此愁书于壁上。上片由水声泠泠起笔，慨叹知音难觅、前朝如梦等等，下片仍先写景后抒发感情，从视觉及眼前景更深层地渲染这种愁情，结尾二句则源于辛弃疾的词句，自然流畅，感叹孤独寂寞的情怀难以言明。

台城路（塞外七夕）

白狼河北秋偏早
星桥又迎河鼓*
清漏频移
微云欲湿
正是金风玉露
两眉愁聚
待归踏榆花
那时才诉
只恐重逢
明明相视更无语

人间别离无数
向瓜果筵前　碧天凝伫
连理千花
相思一叶
毕竟随风何处
羁栖良苦
算未抵空房
冷香啼曙
今夜天孙
笑人愁似许

【注释与鉴赏】

*河鼓：星名，即何鼓，俗称牵牛星。*天孙：织女星。

这首词情感波澜起伏。上片写织女星因相思而愁，这颗忧心，只有等到牛郎归来时才能倾诉。却又只恐牛郎归来时，分明两两相对却不知道要说些什么。这样细腻的忧愁，在不多的字数中，有两次情感的曲折，极尽词人用词之妙。下片由天上的团圆转写人世的别离，自己漂泊在外而备感思家念妻，却又心知比不上家中妻子对自己的苦苦思念。怜爱之情，不言而喻。

沁园春（试望阴山*）

试望阴山
黯然销魂　无言徘徊
见青峰几簇　去天才尺
黄沙一片　匝地无埃
碎叶城*荒　拂云堆*远
雕外寒烟惨不开
踟蹰久
忽冰崖转石
万壑惊雷

穷边自足秋怀
又何必平生多恨哉
只凄凉绝塞　蛾眉遗冢*
销沉腐草　骏骨空台
北转河流
南横斗柄
略点微霜鬓早衰
君不信　向西风回首
百事堪哀

【注释与鉴赏】

阴山：河套以北、大漠以南诸山的总称。碎叶城：唐代西北边防重镇，在今吉尔吉斯坦共和国托克马克城附近。拂云堆：在今内蒙古五原县，堆上有中受降城，此处泛称边地边城。蛾眉遗冢：指古代和亲女子之墓。

本篇的艺术特点在于描绘壮丽的景观、凄凉的氛围、浓郁的伤感。作者采用赋体文章的写法，描绘了阴山一带的独特风光，刻画得那样淋漓尽致。又借典做铺陈，婉曲意深，表达了“百事堪哀”的凄苦隐衷，苍凉凄婉，沉郁忧伤。

南乡子（何处淬吴钩）

何处淬吴钩
一片城荒枕碧流
曾是当年龙战地
飕飕
塞草霜风满地秋

霸业等闲休
跃马横戈总白头
莫把韶华轻换了
封侯
多少英雄只废丘

【注释与鉴赏】

龙战地：指古战场。

“何处淬吴钩？”开端即问，从中可见悲凉凄怆的情调，下面紧接着荒城“枕碧流”，映衬出当年争战之地的衰草、风霜的萧瑟荒凉，折射出词人的迷惘与哀伤。“塞草霜风满地秋”，颇有气势，极力彰显秋日的萧瑟凄凉。“霸业等闲休，越马横戈总白头。”下片从写景转入抒怀，表达了人生苦短，人间若梦的伤感。结句可谓点睛之语，道不尽的哀愁。

南乡子（柳沟晓发）

灯影伴鸣梭
织女依然怨隔河
曙色远连山色起
青螺*
回首微茫忆翠蛾

凄切客中过
料抵秋闺一半多
一世疏狂应为著
横波
作个鸳鸯消得么

【注释与鉴赏】

*青螺：形容青色螺形的山形。

上片描绘了清晨柳沟晓发时的情景，时间就这样慢慢流逝，看似很正常的事。可是，身边没有你相伴，我的“正常”只是表面现象而已。下片言情抒发感慨，表达了与恋人被迫分离后内心的隐恨和幽怨。一世疏狂与愿作鸳鸯正是纳兰厌倦仕途生涯，渴望悠闲的痛苦心情的写照。

于中好（雁贴*寒云次第飞）

雁贴寒云次第飞
向南犹自怨归迟
谁能瘦马关山道
又到西风扑鬓时

人杳杳　思依依
更无芳树有乌啼
凭将扫黛窗前月
持向今宵照别离

【注释与鉴赏】

贴：靠近，贴近。

深秋季节，北雁排成行列而南飞，大雁尚且能够自由南飞，出使边塞的人却不能回家。“谁能瘦马关山道，又到西风扑鬓时”将思乡的愁绪进一步向前推进。下片明写相思之愁，却偏偏在思乡之中听到乌鸦的聒噪之声，可谓寂寥中忽现躁动，加剧了愁情，最后抬头同望一轮明月，又将思乡情感推进一步。

于中好（别绪如丝睡不成）

别绪如丝睡不成
那堪孤枕梦边城
因听紫塞三更雨
却忆红楼半夜灯

书郑重　恨分明
天将愁味酿多情
起来呵手封题处
偏到鸳鸯两字冰

【注释与鉴赏】

别离之后，思念就像是丝丝飞絮，缠绵不断，愁情如此浓重，便有了“那堪孤枕梦边城”。身在边城孤独不堪，愁思所致，梦也得不到成全，深夜的冷雨潇潇而下，触动了词人的久久相思。只好通过书信来排遣心中的离愁别怨。但是，边地严寒，封题之处也成“冰”。结句处的“偏到鸳鸯两字冰”，悠然不尽之意尽在其中，化虚为实，深曲委婉地表达了相思的愁苦。

于中好（冷露无声夜欲阑）

冷露无声夜欲阑
栖鸦不定朔风寒
生憎画鼓楼头急
不放征人梦里还

秋淡淡　月弯弯
无人起向月中看
明朝匹马相思处
知隔千山与万山

【注释与鉴赏】

小词清丽空灵，明白如话，转折入深，确是精美。上片写塞上早寒，夜晚已出现冰冷的霜露，朔风凛冽，可憎的画鼓偏又在楼头急响，声声恼人。下片点出月儿弯弯，进一步描绘自然景并烘托氛围。而“无人看月”句则进一步突出了孤独寂寞，凄清伤感。最后虚写，料想明朝更会越行越远，归程阻隔，相思更烈，归思难收了。

于中好（谁道阴山行路难）

谁道阴山行路难
风毛雨血万人欢
松梢露点霑鹰绁
芦叶溪深没马鞍
依树歇　映林看
黄羊高宴簇金盘
萧萧一夕霜风紧
却拥貂裘怨早寒

【注释与鉴赏】

风毛雨血：指狩猎时禽兽毛血纷飞的情状。

上片前二句说阴山道上并非“行路难”，而是别有一番情趣滋味，令人欢心愉悦。接着二句进一步烘托了这种特殊环境下的体会。下片写行旅中的生活情景，前二句描绘途中的休憩和欢宴，后二句转而描述了异域的风俗，此中的“怨早寒”并非真的哀怨，而是表达了一种惊异的心理感受。

卜算子（塞梦）

塞草晚才青
日落箫笳动
戚戚凄凄入夜分
催度星前梦
小语绿杨烟
怯踏银河冻
行尽关山到白狼
相见惟珍重

【注释与鉴赏】

上片写催其成梦的塞上情景。夜晚塞草青青，悲笳声声，激起人生的凄寂之感，遂至入梦。下片写梦中温馨情景。日夜思念的妻子此时竟来到了身边，她不畏天寒路远，与我相见并给以安慰。结句语言虽平淡但情浓，缠绵委婉之极，颇含悠然不尽之意。

青玉案（宿乌龙江*）

东风卷地飘榆荚
才过了　连天雪
料得香闺香正彻
那知此夜
乌龙江畔
独对初三月

多情不是偏多别
别离只为多情设
蝶梦百花花梦蝶
几时相见
西窗剪烛
细把而今说

【注释与鉴赏】

*乌龙江：黑龙江。

上片先写所宿之乌龙江地带的早寒情景，景中早已暗透了心头的

凄凉。继而虚写，料想闺中情景。下片先是委婉道出多情又多怨的心情，继而描述此时如梦如幻的感受。接下去化用李商隐诗意，化实为虚，宕出一笔，将相思至切的情怀表达得淋漓尽致，深细动人。

满庭芳（堠雪翻鸦）

堠雪翻鸦　河冰跃马
惊风吹度龙堆*
阴磷夜泣　此景总堪悲
待向中宵起舞
无人处　那有村鸡
只应是
金笳暗拍
一样泪沾衣

须知今古事　棋枰胜负
翻覆如斯
叹纷纷蛮触*　回首成非
剩得几行青史
斜阳下　断碣残碑
年华共
混同江*水
流去几时回

【注释与鉴赏】

*龙堆：汉时西域地名。*蛮触：庄子寓言中的小国。*混同江：松花江。

此篇前写景后表情，巧妙铺垫，下片全是议论，但气势壮观，真情四射。开篇两句，描写了古战场的荒寒阴森，而后转写“中宵起舞”的爱国之心，但“那有村鸡”的转折之句，表明了无由以报，徒增伤叹，再以金笳声烘托，更添一重悲慨。下片转为议论，世事如棋，难以预料，然而古今一切纷争，一切丰功伟业，却都是虚无短暂的。这里显得有些消极，读者却可从中感悟到词人抑郁于心的悲苦惆怅。

满江红（代北燕南*）

代北燕南
应不隔　月明千里
谁相念　胭脂山*下
悲哉秋气
小立乍惊清露湿
孤眠最惜浓香腻
况夜乌啼绝四更头
边声起

消不尽　悲歌意
匀不尽　相思泪
想故园今夜
玉阑谁倚
青海不来如意梦
红笺暂写违心字
道别来浑是不关心
东堂桂

【注释与鉴赏】

*代北燕南：泛指山西、河北一带。*胭脂山：燕支山。

上片前两句写千里共明月之意，接下两句写此时独自伤悲的心情，再二句描绘相思的情景，结处则以此刻边声、乌啼烘托相思之苦与无助，层层转进，曲折婉转。下片进一步诉说相思的痛苦。前四句说悲歌不胜消受，下二句又假想妻子也在为别离而伤感，再二句怨恨无梦可慰相思之痛。语虽平淡，但却更显情致绵长深婉。

满江红（为问封姨*）

为问封姨
何事却　排空卷地
又不是　江南春好
妒花天气
叶尽归鸦栖未得
带垂惊燕飘还起
甚天公不肯惜愁人
添憔悴

搅一霎　灯前睡
听半晌　心如醉
倩碧纱遮断
画屏深翠
只影凄清残烛下
离魂缥缈秋空里
总随他泊*粉与飘香
真无谓

【注释与鉴赏】

为问：相问、借问。封姨：风神。泊：通“薄”，轻微、少许之意。泊粉：指少许的残花。

这首《满江红》写塞上秋风排空卷地之景，抒发凄清无聊之情。通篇皆采用怨恨封姨的口吻叙述，怨它“排空卷地”，怨它吹尽落叶，导致鸦、燕无处可栖，怨它添人憔悴，又怨它令愁人无寐。但更怨的则显露于篇末，即“离魂缥缈”“泊粉与飘香”随之而去，因而倍觉伤情了。

生查子（短焰剔残花）

短焰剔残花
夜久边声寂
倦舞却闻鸡
暗觉青绫湿

天水接冥濛
一角西南白
欲渡浣花溪
远梦轻无力

【注释与鉴赏】

这首词写作者身处边地的感受。夜已深，孤单一人面对着残灯短焰，显现出一种欲睡还醒的朦胧情态。“倦舞”句用典出新出奇，深藏了诗人的隐怨。上片不言愁而愁苦自见，下片以浪漫之笔法，写梦里情景，谱写了离忧交织的一曲，于迷离中表达了离情别怨。

江南篇

重温初恋般的江南“情结”

江南永远是文人雅客心头的宁静和悠然，纳兰词中也有一些是描写江南的，那一字一句，无论是写景还是咏物，都明丽清新，但同样表达了一些朦胧的愁绪，含婉约之旨。纳兰性德眼中的江南也许永远飞花曼舞，风絮低回。

有人说，如纳兰性德这般身世，却有如此婉约诡谲之辞，未免为赋新词强说愁。只是却不想，俊才如斯，痴迷着汉家错杂的平仄，怎能不茕茕孑立？神情如斯，恸悼着红颜薄命的至爱，怎能不形销骨立？高洁如斯，拒绝着蝇营狗苟的世俗，怎能不如履薄冰？智识如斯，胸怀着满汉一家的宏愿，怎能不心力交瘁？

一切都源自于江南——这个地方有着梦不尽的细雨杏花，杨柳雨卷，小桥流水，素墙黛瓦，清江月意，乌篷船歌。到处是温婉的山，温婉的水，温婉的桥，温婉的人，一如他的爱妻。想必这便是纳兰性德江南情结的症结所在。

浣溪沙（十里湖光载酒游）

十里湖光载酒游　沙岸有时双袖拥
青帘低映白蘋洲　画船何处一竿收
西风听彻采菱讴　归来无语晚妆楼

【注释与鉴赏】

这是一首描写江南自然风景的词。词全用白描，清丽简淡，描摹如画。唐宋以来写风光的词，历代有人，且不乏佳作。这些词大多是田园牧歌式的，表达了士大夫的欣赏情趣，及回归大自然的意向。因而这类词总是以清新淡雅、静穆闲适者为多。纳兰此篇同样表现了这种情趣。

浣溪沙（五月江南麦已稀）

五月江南麦已稀　一水浓阴如罨画
黄梅时节雨霏微　数峰无恙又晴晖
闲看燕子教雏飞　湔裙谁独上鱼矶

【注释与鉴赏】

罨画：色彩杂饰之图画，常用以形容自然山水之美丽如画。矶：水边石滩或突出的大石。

本篇仿佛描绘了一幅画，画中凸显着江南五月之如画美景。而纳兰只是以过客的身份与角度记录了在他眼中出现过的画面，却不同于以往的词篇，寄之于太多的情感。但也正是因为除去了那些世俗的负荷，才能呈现出最清新明丽的场景。对美好事物由衷的赞美和欣赏，给词篇增添了情趣。

梦江南（其一）

江南好
建业旧长安
紫盖忽临双鹢渡
翠华争拥六龙看
雄丽却高寒

【注释与鉴赏】

建业：今江苏省南京市，三国时吴定都于此。

本篇歌咏了建业（南京）作为帝都的雄伟壮丽，但又说它毕竟是

“旧长安”，繁华早已不再，纵然是皇帝宸游，仍生起“高寒”之叹；词中写尽了康熙皇帝巡视南京的盛况，给六朝金粉的靡靡之城带来了一番雄丽高寒之气，有一种苍凉感。

梦江南（其三）

江南好
怀古意谁传
燕子矶头红蓼月
乌衣巷口绿杨烟

风景忆当年

【注释与鉴赏】

燕子矶：位于南京郊外的岩山上。

南京城，也叫石头城，遥想当年，当东晋的开国元勋王导、谢安等还在乌衣巷口居住时，气势该是多么的辉煌与壮观。如今一切都已经成为历史。只有此时的燕子矶头，“狗尾巴花”开出一片片粉红色的朝霞，在月光下轻盈地绽放着。而乌衣巷口，垂杨柳清冷地编织出迷离的轻烟。

梦江南（其四）

江南好
虎阜晚秋天
山水总归诗格秀
笙箫恰称语音圆
谁在木兰船

【注释与鉴赏】

虎阜：虎丘，在江苏省苏州市西北阊门外，一名海涌山。诗格：诗歌风格。

虎阜即虎丘，苏州名胜，纳兰随銮驾到访苏州，在虎丘欣赏那一向只在传闻里令人怦然心动的江南锦绣，领略那独特的江南烟水。虎丘之上，晚秋天气，山水如诗，吴侬语软。笙箫起处，是谁在木兰舟上渐行渐远？是姑苏女儿的娇媚，还是远在北方的爱人的娇媚？

梦江南（其七）

江南好
佳丽数维扬*
自是琼花偏得月
那应金粉*不兼香
谁与话清凉

【注释与鉴赏】

*维扬：今江苏扬州市。*金粉：花蕊之粉，这里代指琼花。

此篇写的是江南水乡扬州，词人着意描绘扬州之琼花，但美丽中也透露了凄凉之叹。结句“谁与话清凉”，一语道破纳兰的心事。刚到江南的那份喜悦之情已随时间的流逝而变淡了，曾经的那份惆怅又慢慢浮上了心头。即便这里有着举世无双的琼花，即使这琼花的树姿与花型都像极了当年的样子……

梦江南（其八）

江南好
铁瓮*古南徐*
立马江山千里目
射蛟风雨百灵趋
北顾更踌躇

【注释与鉴赏】

*铁瓮：指的是三国时期的铁瓮城。*南徐：州名，南朝宋时在京

口置南徐州，即今江苏镇江市。

射蛟的典故用得巧妙，一典两用。这原本是指汉武帝南巡的时候在江心射蛟的往事，如今物是人非，两汉魏晋、唐宋元明，换了多少朝代，历经了几位皇帝，康熙南巡，仍是江南旧地，仍是射蛟盛况，遥想汉武当年，难免踌躇万千。

渔父（收却纶竿落照红）

收却纶竿落照红
秋风宁为剪芙蓉
人淡淡
水濛濛
吹入芦花短笛中

【注释与鉴赏】

纶竿：钓竿。

这首小令描写的渔夫垂钓之景，犹如一幅恬淡的水墨风俗画。据唐圭璋考察，此篇是题在徐虹亭《枫江渔父图》上的一首小词。且“一时胜流，咸谓此词可与张志和《渔歌子》并传不朽”。

其他篇

纳兰与他的合欢树

让一方充满政治与历史的土地富有诗情，让一个姓氏成为一种格调，让一代文学多一段令人扼腕的故事，北宋以后八百年，仅此一人，他就是纳兰性德。

纳兰性德曾亲手种下两棵合欢树。当时的纳兰，还只是一个懵懂少年。有一次去西山游玩，回来时移来两棵合欢树的树苗。二十岁那年，合欢树迎来了一位新主人卢氏——纳兰的妻子。然而，幸福总是短暂的，三年的时光匆匆过去了。她走了，合欢树粉白色的小花儿落了一地，无声无息。

日子一天天地过去，八年后，合欢树的花儿又开了，农历五月二十二日，纳兰邀请来最好的朋友们，就在合欢树旁的渌水亭饮酒赋诗，吟出了那首《夜合花》，写给他的朋友，写给自己，还有，写给她。

“对此能销忿。对此能销忿。”忿从何来？只有他自己明白。

这首词成了他的绝唱。第二天，他便病倒了。七天后，他安详地闭上了眼睛。那一天，正是农历五月三十日，他妻子八周年的忌日！这是巧合？

合欢树的花儿又落了，一如八年前的这一天。

点绛唇（咏风兰*）

别样幽芬　　　　　　忒煞*萧疏
更无浓艳催开处　　　怎耐秋如许
凌波欲去　　　　　　还留取　冷香半缕
且为东风住　　　　　第一湘江雨

【注释与鉴赏】

风兰：兰花的一种，开白色的花，微香。忒煞：太，过于。

这是一篇题画兼咏物词。既咏物又抒怀抱，颇含骚雅之旨，寓有诗人深挚的情怀。词中字字刻画，又字字天然，不即不离，不粘不脱，即“意有寄托，不作死句”，风兰之形象绰约可见，处处都流露着诗人的性情。

疏影（芭蕉）

湘帘卷处
甚离披翠影
绕檐遮住
小立吹裙
常伴春慵
掩映绣床金缕
芳心一束浑难展
清泪裹　隔年愁聚
更夜深细听　空阶雨滴
梦回无据

正是秋来寂寞
偏声声点点
助人离绪
缬被初寒
宿酒全醒
搅碎乱蛩双杵
西风落尽庭梧叶
还剩得　绿阴如许
想玉人　和露折来
曾写断肠诗句

【注释与鉴赏】

无据：无所依靠。缬（xié）被：染有彩色花纹的丝被。缬，有花纹的丝织品。

此篇咏的是芭蕉，借此抒怀人之意。全篇曲折迭宕，婉约细密。上片侧重描绘芭蕉的形貌，先写帘外摇动的翠影遮檐，又转写其掩映帘内之人和物，而后写芭蕉之“芳心”裹泪，暗喻人心之愁聚。下片侧重写怀人之思。写雨打芭蕉，声声铸怨，接以蛩鸣杵捣之声，更烘托出离愁别恨，最后梧叶落尽，芭蕉依旧，词人借叶题诗，以寄相思，词意主旨便水到渠成。

眼儿媚（咏梅）

莫把琼花比淡妆
谁似白霓裳
别样清幽
自然标格
莫近东墙

冰肌玉骨天分付
兼付与凄凉
可怜遥夜
冷烟和月
疏影横窗

【注释与鉴赏】

本篇是花品、人品合一的咏叹之作，表现了词人自足、孤独的性格及别于世俗的情怀，但也不乏孤高自赏，凄清自适之情。

海棠月（重檐淡月浑如水）

重檐淡月浑如水
浸寒香一片小窗里
双鱼冻合
似曾伴个人无寐
横眸处
索笑而今已矣

与谁更拥灯前髻
乍横斜疏影疑飞坠
铜瓶小注
休教近麝炉烟气
酬伊也
几点夜深清泪

【注释与鉴赏】

双鱼：双鱼洗，镌刻有双鱼形象的洗手器。冻合：冰封。

纳兰仿佛目空一切，眼里总是无物无情的，故而眼前的瓶中梅花便成为词人感发的媒介，借瓶梅抒发刻骨的相思之情，及“而今已矣”的伤逝之情。纳兰将眼前景与对往事的追忆交织融合，如此构思全篇，更增加了凄凉的氛围、朦胧的境界和伤感的情调。

金缕曲（疏影临书卷）

疏影临书卷
带霜华　高高下下
粉脂都遣
别是幽情嫌妩媚
红烛啼痕休泫
趁皓月　光浮冰茧
恰与花神供写照
任泼来　淡墨无深浅
持素障　夜中展

残釭掩过看逾显
相对处　芙蓉玉绽
鹤翎银扁
但得白衣时慰藉
一任浮云苍犬
尘土隔　软红偷免
帘幕西风人不寐
恁清光　肯惜鹴裘典
休便把　落英剪

【注释与鉴赏】

光浮冰茧：指月光照在朵朵梅花上如同洁白的蚕茧纸。鹴（shuāng）裘典：典当鹴裘。鹴裘，鹔鹴裘。相传为司马相如所制。

此篇用秋水轩韵，而秋水轩所唱和之作多是悲凉惆怅的。这首词亦如是，悲凄清丽，不无惆怅。写月夜之梅花，又将梅拟人，表达了愿与梅花为伴，高洁自持，不坠俗流的孤高之情。

减字木兰花（从教铁石）

从教铁石
每见花开成惜惜
泪点难消
滴损苍烟玉一条

怜伊太冷
添个纸窗疏竹影
记取相思
环珮归来月上时

【注释与鉴赏】

上片前二句从心理感受上落笔，虽不是正面描绘梅花，但已凸显梅花之神韵。下片说那是怕梅花太冷，所以特意加了竹林围护。最后二句再转笔写梅花也有魂，她特于今夜月上时归来。整篇虽没有正面刻画梅形貌之笔，但却又笔笔不离梅花，正所谓“不即不离”，因而梅之形神历历在目。

东风第一枝（桃花）

薄劣*东风　凄其夜雨
晓来依旧庭院
多情前度崔郎
应叹去年人面
湘帘乍卷
早迷了　画梁栖燕
最娇人清晓莺啼
飞去一枝犹颤

背山郭　黄昏开遍
想孤影　夕阳一片
是谁移向亭皋*
伴取晕眉青眼*
五更风雨
莫减却　春光一线
傍荔墙牵惹游丝
昨夜绛楼难辨

【注释与鉴赏】

薄劣：薄情。亭皋：水边的平地。晕眉青眼：指美丽姣好的女子。

这首词委婉曲折，层深跌宕，而咏物词以若即若离、含蓄婉转为佳。上片写深深的庭院，下片视野转向远处，接下来写自己的感受和美好的愿望。结尾处宕起一笔，点醒题旨，与开端呼应，景情合一，道不尽其中的悠然，朦胧的美感浮现于读者脑海。

一丛花（咏并蒂莲）

阑珊玉珮罢霓裳
相对绾红妆
藕丝风送凌波去
又低头　软语商量
一种情深
十分心苦
脉脉背斜阳

色香空尽转生香
明月小银塘
桃根桃叶终相守
伴殷勤　双宿鸳鸯
菰米漂残
沉云乍黑
同梦寄潇湘

【注释与鉴赏】

沉云：浓云、阴云。

咏物之作贵在形神俱见，本篇即是形神兼备之佳作。纳兰乃性情之人，他的笔下景中不乏感情。本篇生动地刻画了并蒂莲的形貌色泽，不粘不脱，不离不即，饶富情致，且以人拟物，借用神话故事、历史传说等，将并蒂莲之神韵刻画得淋漓尽致，其中深蕴词人之性情，意含要眇，耐人寻味。

洞仙歌（咏黄葵）

铅华不御
看道家妆就
问取旁人入时否
为孤情淡韵
判不宜春
矜标格
开向晚秋时候

无端轻薄雨　滴损檀心
小叠宫罗镇长皱
何必诉凄清
为爱秋光
被几日西风吹瘦
便零落蜂黄也休嫌
且对倚斜阳　胜偎红袖

【注释与鉴赏】

铅华：搽脸之粉。镇：久、常之意。

黄葵本不是名贵之花，而词人以歌咏之，可见其超凡脱俗之意，亦见它的魅力是与众不同的。词中又极写其“孤情淡韵”、“开向晚秋”“爱秋光”“且对依斜阳”之孤高品格，这是词人在自比，足见纳兰风流自赏、不肯媚俗的情怀了。

锦堂春（帘际一痕轻绿）

帘际一痕轻绿
墙阴几簇低花
夜来微雨西风软
无力任欹斜

仿佛个人睡起
晕红不着铅华
天寒翠袖添凄楚
愁近欲栖鸦

【注释与鉴赏】

上片写花之色泽形貌，及其遭受风雨打击的凄凉境遇。面对风吹雨打的境况，花儿显得那么措手不及。下片以人拟花，寄情于花，进一步刻画了花之风采神韵。花也觉得凄凉，花也有愁绪！这样，花的风骨便更加活灵活现。

临江仙（卢龙*大树）

雨打风吹都似此
将军*一去谁怜
画图曾记绿阴圆
旧时遗镞地
今日种瓜田

系马南枝*犹在否
萧萧欲下长川
九秋黄叶五更烟
止应摇落尽
不必问当年

【注释与鉴赏】

*卢龙：地名，清朝的时候属永平府，今天在河北省卢龙县，山海关西南。*将军：指将军树，即大树。这里借指建立功业。*南枝：朝南之枝。古诗词中常用以表达怀念故乡、故国之意。

开篇一句既写眼前的风雨，也写历史的沧桑，昔日的古战场不知道遗落了多少箭镞，如今却变成了豆棚瓜架，今非昔比。词人借咏卢龙大树而凭吊古今，怀乡之意随即而发。词人系马于南枝，远望长川，黄叶纷纷，此乃深秋时节的凄迷景色。结句的“只应摇落尽，不必问当年”，自然而然道出胸中的无限感叹。

卜算子（咏柳）

娇软不胜垂
瘦怯那禁舞
多事年年二月风
剪出鹅黄缕

一种可怜生
落日和烟雨
苏小门前长短条
即渐迷行处

【注释与鉴赏】

苏小：南朝钱塘名妓苏小小。

这首小词用笔空灵清丽，虽是刻画，但不伤其神理，诚所谓“不著一字，尽得风流”，斯是妙绝。上片侧重描绘弱柳之形，但已是含情脉脉。下片侧重写其神韵，结处用苏小之典，更加迷离深婉，耐人寻味。

雨霖铃（种柳）

横塘*如练
日迟帘幕　烟丝斜卷
却从何处移得
章台*仿佛　乍舒娇眼
恰带一痕残照
锁黄昏庭院
断肠处又惹相思
碧雾濛濛度双燕

回阑恰就轻阴转
背风花　不解春深浅
托根幸自天上
曾试把霓裳舞遍
百尺垂垂
早是酒醒莺语如剪
只休隔梦里红楼
望个人儿见

【注释与鉴赏】

*横塘：泛指水塘。*章台：泛指京城之宫苑。

本篇题作“种柳”，实为“种情”，种下相思相忆之恋情。人物合一，韵思隽永，低回缠绵，令人回味无穷。

淡黄柳（咏柳）

三眠*未歇
乍到秋时节
一树斜阳蝉更咽
曾绾灞陵*离别
絮已为萍风卷叶
空凄切

长条莫轻折
苏小恨　倩他说
尽飘零　游冶章台客
红板桥空
湔裙人去
依旧晓风残月

【注释与鉴赏】

三眠：三眠柳，即柽柳、人柳。此柳的柔弱枝条在风中摇曳，时时伏倒。灞陵：霸陵，汉文帝之墓地。

这首词所咏的是秋初之柳。上片写初秋的弱柳，一派凄肃之景让人不禁悲凉。下片借柳托恨，感慨人去楼空，孤苦无依。读之令人感同身受。让人觉得好不凄清。

临江仙（寒柳）

飞絮飞花何处是
层冰积雪摧残
疏疏一树五更寒
爱他明月好
憔悴也相关

最是繁丝摇落后
转教人忆春山
湔裙梦断续应难
西风多少恨
吹不散眉弯

【注释与鉴赏】

本首《临江仙》借咏柳而抒伤悼之幽情，生动地表达了作者深情思念、不胜悲怆、缠绵低回的凄苦之情。立意既新，手法也不俗。句句写柳，又句句写人，物与人融为一体，委婉含蓄，意境幽远。陈廷焯《白雨斋词话》云：“言中有物，几令人感激涕零。容若词亦以此篇为压卷。”

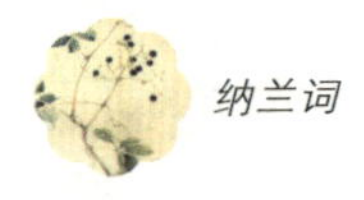

临江仙（夜来带得些儿雪）

夜来带得些儿雪
冻云一树垂垂
东风回首不胜悲
叶干丝未尽
未死只颦眉

可忆红泥亭子外
纤腰舞困因谁
如今寂寞待人归
明年依旧绿
知否系斑骓*

【注释与鉴赏】

斑骓：青白色的马。

此篇亦为咏寒柳之作，同样意含悼亡之意。上片写眼前景，下片追怀往事，其“叶干丝未尽，未死只颦眉”二句将诗人刻骨的相思之情表现得活灵活现，不胜悲悼之感。全篇意含悼亡，柳亦如人，人亦如柳，不即不离，深得咏物词之妙。

临江仙（孤雁）

霜冷离鸿*惊失伴
有人同病相怜
拟凭尺素寄愁边
愁多书屡易
双泪落灯前

莫对月明思往事
也知消减年年
无端嘹唳一声传
西风吹只影
刚是早秋天

【注释与鉴赏】

*离鸿：失群的大雁。

这首词表面上是咏孤雁之作，但实际上是在咏孤独，人雁合一，情景交织，雁之孤影与人之孤独，交织浑融。孤雁失去了自己的同伴，这种秋季特有的凄寒不就是纳兰挥之不去的吗？面对着明月去思忖往事，连月光也沾染上了几分凉意。准备借书信排遣愁怀，但愁绪太多，写了又写、改了又改。不知不觉中，已是泪流满面。孤雁的叫声响亮而凄清，突然响起于寂静的黑夜中，这份孤单感又浓烈了几分。

采桑子（咏春雨）

嫩烟分染鹅儿柳
一样风丝
似整如欹
才着春寒瘦不支

凉侵晓梦轻蝉腻
约略红肥
不惜葳蕤
碾取名香作地衣

【注释与鉴赏】

鹅儿柳：指泛起鹅黄色的柳枝。轻蝉：指轻盈的蝉鬓。蝉，指蝉鬓，古代女子的一种发式。

这是一首咏物之作。全篇所咏的对象是“春雨”，这在词中并没有直接点明，而是通过其他的事物，比如柳丝、蝉鬓、花朵等物象来烘托，以此体现春雨的无所不在。这种写法很奇妙，不言此而尽言此。词人用细腻的心理去感受春雨中的各种事物。

采桑子（塞上咏雪花）

非关癖爱轻模样
冷处偏佳
别有根芽
不是人间富贵花

谢娘别后谁能惜
飘泊天涯
寒月悲笳
万里西风瀚海沙

【注释与鉴赏】

癖爱：非常喜欢。谢娘：指南朝谢道韫，有咏雪句“未若柳絮因风起”。

这首《采桑子》作于康熙十七年十月扈驾巡视北边时。词的上片起二句说处于“冷处”的雪花是令人赏爱的，接二句又说它之所以可爱是由于高洁的品格，因为它不是那些争妍斗艳的“富贵花”。下片前二句是说此花于天涯飘泊，很少有人怜惜，大有知音难觅的孤寂之感。结句出以景语，进一步增加了凄凉冷寞的氛围。

洛阳春（密洒征鞍无数）

密洒征鞍无数
冥迷远树
乱山重叠杳难分
似五里濛濛雾

惆怅琐窗深处
湿花轻絮
当时悠飏得人怜
也都是浓香助

【注释与鉴赏】

悠飏（yáng）：形容雪花轻盈散落。

上片刻画室外静景，描绘大雪纷飞之景；近处是征鞍落满密洒的白雪，远处是树木冥迷，乱山杳渺，不甚分明，仿佛是一切都置于朦胧之中。下片写雪花飘入了琐窗，好像是湿花柳絮，面对此情此景，怎能不有所感怀呢？说那纷飘的雪花惹人怜爱，除了它那轻盈的体态之外，也还有“浓香”暗助。这结句甚妙，其中蕴含新意，引人遐思联想，耐人寻味。

减字木兰花（新月）

晚妆欲罢
更把纤眉临镜画
准待分明
和雨和烟两不胜

莫教星替
守取团圆终必遂
此夜红楼
天上人间一样愁

【注释与鉴赏】

准待：打算等待。

这首词从新月而联想到人间情事，情与景相互交融，不粘不脱，属于上乘之作。上片采用以人拟物的手法，摹画出新月的形貌，下片先述等待月圆之心愿，又转为描绘新月迷蒙、红楼闺怨，凄清婉转，情致全出。

梅梢雪（元夜月蚀）

星毬映彻
一痕微褪梅梢雪
紫姑待话经年别
窃药心灰
慵把菱花揭

踏歌才起清钲歇
扇纨仍似秋期洁
天公毕竟风流绝
教看蛾眉
特放些时缺

【注释与鉴赏】

元夜：元宵。紫姑：神话中厕神名。又名“子姑”“坑三姑”。秋期：指七夕，牛郎织女相聚之日。些时：片时、一会儿。

这首乃咏节序风物之作。纳兰径写“我目”“我心”之此时此刻所想所得，并借神话传说来表达。全篇结构清晰，从月初蚀写到月蚀渐出。上片以“星球映彻”之景写起，描绘月初蚀之时，月下梅梢之雪朦胧之景。下片又由蚀甚写到月蚀渐出之景，并用踏歌、清钲、扇纨、蛾眉等景物渲染气氛，含蕴颇多，极见情味。

望江南（咏弦月）

初八月*
半镜上青霄
斜倚画阑娇不语
暗移梅影过红桥
裙带北风飘

【注释与鉴赏】

*初八月：上弦月。

这首小词清新灵动。前两句用空中悬半镜来比喻初八上弦的月亮，接着描绘了倚阑不语的娇人，又转而刻画了月移梅影极富蕴味之景，最后以风飘裙带之景结尾。五句之词在平淡之中富含深情，浑脱超妙，把词人的无聊心绪、无限愁情全融汇在词中了。

鬓云松令（咏浴）

鬓云松　红玉莹
早月多情
送过梨花影
半晌斜钗慵未整
晕入轻潮
刚爱微风醒

露华清*　人语静
怕被郎窥
移却青鸾镜
罗袜凌波波不定
小扇单衣
可奈星前冷

【注释与鉴赏】

露华：清冷的月光。

这首词粉香脂腻，近《花间》语，却没有俗艳之气。上片描绘的是美人的肌肤似玉，仪态婀娜。下片呈现出一幅美人出浴图。“怕被郎窥”这句，又展现出几分娇媚可人来。这首词香艳但不媚俗，具有几分暧昧、几分情趣，更多的是情人私密画面中欲言又止的羞涩。

浣溪沙（姜女祠*）

海色残阳影断霓*
寒涛日夜女郎祠
翠钿尘网上蛛丝

澄海楼*高空极目
望夫石*在且留题
六王如梦祖龙非

【注释与鉴赏】

*姜女祠：又称贞女祠，在山海关欢喜岭以东凤凰山上。*断霓：断虹。*澄海楼：楼名。在河北省临榆县南宁海城上。*望夫石：在姜女祠主殿后，传为孟姜女望夫之处。

纳兰在康熙二十一年壬戌二月至五月扈从东巡，此篇有可能是在此行途中写的。这首词借游姜女祠来怀古幽思，抒发今昔之感，意蕴深远，耐人寻味。纳兰因“孟姜女”的故事受到了很深感触，特别是那块“望夫石”。他甚至猜测，妻子在思念他的时候也是那个姿势？

浣溪沙（无恙年年汴水流）

红桥怀古和王阮亭*韵

无恙年年汴水流
一声水调短亭秋
旧时明月照扬州

曾是长堤牵锦缆
绿杨清瘦至今愁
玉钩斜路近迷楼

【注释与鉴赏】

*王阮亭：王士祯，字子真，一字阮亭，号渔洋山人，主盟诗坛多年。

这首词作于康熙二十三年十月，纳兰跟随康熙扈驾江南到扬州时所作。词人借咏隋炀帝的穷奢极欲，腐败昏聩，抒写了自己的感慨，意义深曲，发人深醒。

台城路（洗妆台*怀古）

六宫佳丽谁曾见
层台尚临芳渚
露脚*斜飞　虹腰欲断
荷叶未收残雨
添妆何处
试问取雕笼
雪衣分付
一镜空濛
鸳鸯拂破白蘋去

相传内家*结束
有帕装孤稳　靴缝女古
冷艳全消　苍苔玉匣
翻出十眉遗谱
人间朝暮
看胭粉亭西
几堆尘土
只有花铃
绾风深夜语

【注释与鉴赏】

*洗妆台：指金章宗为李妃所建梳妆楼，位于北京北海琼华岛，今已不存。*露脚：雨脚。*内家：指皇宫（或代指宫女）。

纳兰登临吊古，就眼见之景，想到辽太后的往事，由景生情，不无今昔之叹，而其中亦隐含了许多以古为鉴的深意。

江城子（咏史）

湿云全压数峰低
影凄迷
望中疑
非雾非烟　神女欲来时
若问生涯原是梦
除梦里
没人知

【注释与鉴赏】

这首词是别具一格的咏史之作，其写法与一般的咏史不同，纳兰直接写出了自己的一种心灵感受，没有从某一历史人物或某一历史事件作为触媒入手，突出了如梦般的独特体验。这在咏史之作中确是独树一帜的。

于中好（咏史）

马上吟成促渡江
分明间气属闺房
生憎久闭金铺暗
花冷回心玉一床
添哽咽　足凄凉
谁教生得满身香
只今西海年年月
犹为萧家照断肠

【注释与鉴赏】

西海：指帝京中之太液池。萧家：指道宗皇后萧观音家。

皇后虽然位在至尊，但其实皇后也只是皇帝的附属物而已，她们的命运大都是操纵在皇帝的手上。辽代宫中皇后多出萧家，其中辽懿德皇后萧观音，才色绝伦，但被谗而死，未善终。词人为此而填词，以咏“才色过人多薄命”。“谁教生得满身香”，这一句颇含骚雅，深蕴不平，透露了词人深隐的牢骚。篇末以景结，更显韵高旨远。

望海潮（宝珠洞）

汉陵*风雨　寒烟衰草
江山满目兴亡
白日空山　夜深清呗
算来别是凄凉
往事最堪伤
想铜驼巷陌　金谷风光
几处离宫
至今童子牧牛羊
荒沙一片茫茫
有桑乾*一线　雪冷雕翔
一道炊烟　三分梦雨
忍看林表斜阳
归雁两三行
见乱云低水　铁骑荒冈
僧饭黄昏
松门*凉月拂衣裳

【注释与鉴赏】

漠陵：指荒凉冷落之陵墓。桑乾：今永定河上游。松门：指寺庙之门。

纳兰词以写景抒情、细腻含蓄为主，而此篇却苍凉豪放，是纳兰词的另一种风格。这首词是纳兰跟随康熙游览西山名胜时所写。这首词全篇采用赋法，情景结合，虚实相间，一吐无余，气势庞大。

采桑子（那能寂寞芳菲节）

那能寂寞芳菲节
欲话生平
夜已三更
一阕悲歌泪暗零

须知秋叶春花促
点鬓星星
遇酒须倾
莫问千秋万岁名

【注释与鉴赏】

这是纳兰词中较为突出的感慨人生、轻叹年华的词篇，抒发了人世无常，转瞬即逝的感慨。

添字采桑子（闲愁似与斜阳约）

闲愁似与斜阳约
红点*苍苔
蛱蝶飞回
又是梧桐新绿影
上阶来

天涯望处音尘断
花谢花开
懊恼离怀
空压钿筐金缕绣
合欢鞋

【注释与鉴赏】

*红点：指蛱蝶飞来落在了苍苔之上。

这首词细腻婉约，仿佛红颜低吟，抒怀愁绪。此篇中所抒的“闲愁”之情，即“懊恼离怀”之苦情，词人寓情于景。上片全部都是描写景物的话语，下片点到离愁，又以景语收尾。如此化情为景的手法是动人之妙处。

点绛唇（对月）

一种蛾眉
下弦不似初弦好
庾郎未老
何事伤心早

素壁斜辉
竹影横窗扫
空房悄　乌啼欲晓
又下西楼了

【注释与鉴赏】

这首词是一首悼亡词，抒写了对月伤怀的凄凉幽怨。此篇开头以“蛾眉”“下弦”“初弦”等形象隐喻思念之人的容貌，清新而含蓄。

下片以景语出之，化情思为景句，含蕴良多，耐人寻味。

南乡子（秋暮村居）

红叶满寒溪
一路空山万木齐
试上小楼极目望
高低　一片烟笼十里陂

吠犬杂鸣鸡
灯火荧荧归路迷
乍逐横山时近远
东西　家在寒林独掩扉

【注释与鉴赏】

陂：池塘，湖泊。

此篇以空灵淳朴的笔调勾勒出秋日里的田园暮色，村野间的自然风光，犹如一幅柔美、恬淡、静谧的水墨山水画。景象由远及近，层次分明，动静结合，绘声绘色，洋溢着词人欣然欢喜的情致，这在纳兰词中是少见的。陈淏在《精选国朝诗余》中说此词："单道村居佳致。"

南歌子（暖护樱桃蕊）

暖护樱桃蕊
寒翻蛱蝶翎
东风吹绿渐冥冥
不信一生憔悴伴啼莺
素影飘残月
香丝拂绮棂
百花迢递玉钗声
索向绿窗寻梦寄余生

【注释与鉴赏】

春天到来，乍暖还寒。樱花初绽，暖和的春风仿佛保护着它，而翩翩起舞的蝴蝶却犹带寒声。一“暖”一“寒”，上文描绘春日之景，是为下文写春恨做铺垫。纵览全篇，从白天到深夜，景色里寓有春愁和隐忧，缠绵凄清，低回曲折，委婉动人，情真意切。

眼儿媚（林下闺房世罕俦）

林下闺房世罕俦
偕隐足风流
今来忍见
鹤孤华表
人远罗浮
中年定不禁哀乐
其奈忆曾游
浣花微雨
采菱斜日
欲去还留

【注释与鉴赏】

这首词的字里行间流露出词人对故人远离尘世、退隐山林生活的极其赞美和羡慕。纳兰贵极一时，但这却不是他自己真正想要的生活，他所渴望的恰是这位故人的生活姿态和情趣。所以此篇看似赞赏的是闲

适林下的朋友，更是词人自己心愿的写照。

朝中措（蜀弦秦柱不关情）

蜀弦秦柱不关情
尽日掩云屏
已惜轻翎退粉
更嫌弱絮为萍

东风多事　余寒吹散
烘暖微醒
看尽一帘红雨
为谁亲系花铃

【注释与鉴赏】

蜀弦：蜀琴，指蜀中所制之琴。秦柱：秦弦，指秦国所制的瑟。微酲：微醉。

上片写在春日里百无聊赖，孤单寂寞，即便美妙动听的乐曲也不能让自己愉悦起来。饱含伤春之意。下片埋怨东风送走了明媚的春光，虽然它吹散了冬日的余寒，但是它又吹落了春日里美丽的花朵，实在令人心伤。结尾处大有愁绪难以排解的寂寞感和失落感。小词亦景亦情，寓情于景，景中情自然浑融，空灵蕴藉，启人深思。

秋千索（渌水亭春望）

垆边唤酒双鬟亚
春已到卖花帘下
一道香尘碎绿苹
看白袷亲调马

烟丝宛宛愁萦挂
剩几笔晚晴图画
半枕芙蕖压浪眠
教费尽莺儿话

【注释与鉴赏】

亚：通“压”，低垂之貌。此指婢女之双鬟低垂貌。白袷：即白袷蓝衫，旧时士人之服装，此处借指未取得功名之人。

纳兰在《天仙子・渌水亭秋夜》中勾勒了渌水亭秋夜之景，并抒发了秋意之感，孤恨之情。而这首词则是描绘了绿水亭春日之景。全文紧紧围绕“春”和“望”二字着笔，清新淡雅，闲静清晰，不同于《绿水亭秋夜》的愁怀伤感。

金菊对芙蓉（上元）

金鸭消香　银虬泻水
谁家夜笛飞声
正上林雪霁　鸳甃晶莹
鱼龙舞罢香车杳
剩尊前袖掩吴绫
狂游似梦
而今空记
密约烧灯

追念往事难凭
叹火树星桥　回首飘零
但九逵烟月　依旧笼明
楚天一带惊烽火
问今宵　可照江城
小窗残酒
阑珊灯灺
别自关情

【注释与鉴赏】

金鸭：铸为鸭形之铜香炉。银虬：古代一种计时器。上林：上林苑，秦汉时皇家宫苑。鱼龙舞：古杂戏。九逵：京城之大道。

这首词是抒写上元之日的感怀之作。由词题看是咏节序，但实际上是抒发怀人之想，其对节日种种情景的描绘，都是为抒写怀念而作的铺叙。这首词蕴藉含婉，曲折深入，且不无骚雅之旨。

台城路（上元）

阑珊火树鱼龙舞
望中宝钗楼*远
鞢䩞*余红　琉璃剩碧
待属花归缓缓
寒轻漏浅
正乍敛烟霏　陨星如箭
旧事惊心
一双莲影藕丝断

莫恨流年逝水
恨消残蝶粉*　韶光忒贱*
细语吹香　暗尘笼鬓
都逐晓风零乱
阑干敲遍
问帘底纤纤　甚时重见
不解相思
月华今夜满

【注释与鉴赏】

宝钗楼：此指歌楼酒肆。鞢䩞：红鞢䩞，又称鞢䩞芽，红色宝石之一种，即红玛瑙。蝶粉：唐人之宫妆，指美丽的容貌和彼此之情爱。忒贱：意思是美好时光太短暂。忒，太、过于。

在元宵节的时候，人们都在游街闹灯会，但纳兰容若的眼底心中却别有一番滋味，灯事越是热闹越是让词人产生浓厚的相思难以排遣。上片描绘灯会的热闹情景和由此引来的对伊人的思念，多是借景抒情。下片进一步抒写相思的孤单寂寞之情。语言虽直白但让人深思，真情流露，委婉动人。

浣溪沙（残雪凝辉冷画屏）

残雪凝辉冷画屏
落梅横笛已三更
更无人处月胧明

我是人间惆怅客
知君何事泪纵横
断肠声里忆平生

【注释与鉴赏】

纳兰有怀经之才，有“堂构之志”，渴望得到朝廷重用，有所建树，但却只作了侍卫护从。因此，常有志趣不畅的苦闷。这首词直抒胸臆，所以能情真意深，生动感人。据说明珠在读完《饮水词》之后，忍不住老泪纵横，叹息：“这孩子他什么都有了啊，为什么会这样的不快活？”

御带花（重九夜）

晚秋却胜春天好
情在冷香深处
朱楼六扇小屏山
寂寞几分尘土
虬尾烟消
人梦觉　碎虫零杵
便强说欢娱
总是无憀心绪

转忆当年　消受尽皓腕红萸
嫣然一顾
如今何事　向禅榻茶烟
怕歌愁舞
玉粟寒生
且领略月明清露
叹此际凄凉
何必更满城风雨

【注释与鉴赏】

虬尾：指盘香。无憀：无聊。玉粟：形容皮肤因受寒凉而呈

粟状。

上片写今日此时此刻百无聊赖的心绪。下片忆旧抒怀。结尾处照应了开头，不是满城风雨，而是比春天更美好的秋夜，却也不能令词人欢乐。这样的反衬手法便更深浓地表达了词人孤独凄凉的情怀。

浣溪沙（伏雨朝寒愁不胜）

伏雨朝寒愁不胜
那能还傍杏花行
去年高摘斗轻盈

漫惹炉烟双袖紫
空将酒晕一衫青
人间何处问多情

【注释与鉴赏】

伏雨：连绵不断的雨。

此篇表达了一种无奈多情的阑珊情感。词中上下片的结尾句点出其伤情的底蕴，难以捉摸，但又清新空灵。

浣溪沙（酒醒香销愁不胜）

酒醒香销愁不胜
如何更向落花行
去年高摘斗轻盈

夜雨几番销瘦了
繁华如梦总无凭
人间何处问多情

【注释与鉴赏】

雨夜愁难了，总会让人消瘦几番。人世间的繁华就犹如一场没有希望的梦，一旦梦醒，便是烟消云散。所以本首词的首句“酒醒香销愁不胜”表明词人酒醒之后的愁绪依然没有散去，依旧怀念当初与伊人在一起的时光。

虞美人（风灭炉烟残灺冷）

风灭炉烟残灺冷
相伴唯孤影
判教狼藉醉清樽
为问世间醒眼是何人

难逢易散花间酒
饮罢空搔首
闲愁总付醉来眠
只恐醒时依旧到樽前

【注释与鉴赏】

清樽：酒器，借指清醇之酒。

这首词表达了举世沉醉我独醒，举世浑浊我独清的感叹！但词人清醒地面对这个世界，又总是能感到一丝丝“闲愁”，所以清醒孤傲之感便总是萦怀，也总是难以排解，于是词人借填词来宣泄自己的闲愁。这无奈的醉酒和这可怕的清醒对词人来说同样煎熬。

风流子（秋郊即事）

平原草枯矣
重阳后　黄叶树骚骚
记玉勒青丝　落花时节
曾逢拾翠　忽听吹箫
今来是　烧痕残碧尽
霜影乱红凋
秋水映空　寒烟如织
皂雕飞处　天惨云高

人生须行乐
君知否　容易两鬓萧萧
自与东君作别
划地无聊
算功名何许
此身博得　短衣射虎
沽酒西郊
便向夕阳影里　倚马挥毫

【注释与鉴赏】

骚骚：风吹草木声。玉勒青丝：指骑马游春。拾翠：拾取翠鸟羽毛做首饰。后多代指女子或女子游春（或郊游）。皂雕：一种黑色大型猛禽。刬（chǎn）地：只是、依旧、照旧。

此篇颇有生不逢时的牢骚语。上片写景，下片抒情。上片主要是写秋天郊外的景色，突出其空旷零落，下片则是直抒胸臆，酣畅淋漓。前景后情，因景起兴，直写性灵，这首词的手法是纳兰词的另一种风格，颇有几分稼轩词的味道。

清平乐（将愁不去）

将愁不去
秋色行难住
六曲屏山深院宇
日日风风雨雨

雨晴篱菊初香
人言此日重阳
回首凉云暮叶
黄昏无限思量

【注释与鉴赏】

将愁：长久之愁。将，长久之意。

此篇是一首重阳佳节的感怀之作。但词中的感怀不是一般的“秋感”，而是在秋雨寂凉深宅大院里勃发的隐怨长愁。也许很多人都有这样的感触，独自一个人面对着连续不断的风雨时总是特别惆怅。又加之到了重阳佳节，总会倍感凄凉与孤独。

清平乐（孤花片叶）

孤花片叶
断送清秋节
寂寂绣屏香篆灭
暗里朱颜消歇
谁怜散髻吹笙
天涯芳草关情
懊恼隔帘幽梦
半床花月纵横

【注释与鉴赏】

本篇是悲秋之作，其情婉而隐，词中只用深秋里孤花片叶、天涯芳草，以及寂寂绣屏、香篆熄灭、半床花月之景，将深深的愁情具体化，十分迷离惝恍，十分空灵委婉。

琵琶仙（中秋）

碧海年年
试问取冰轮　为谁圆缺
吹到一片秋香
清辉了如雪
愁中看好天良夜
争知道尽成悲咽
只影而今　那堪重对
旧时明月
花径里戏捉迷藏
曾惹下萧萧井梧叶
记否轻纨小扇
又几番凉热
止落得填膺百感
总茫茫不关离别
一任紫玉无情
夜寒吹裂

【注释与鉴赏】

紫玉：指笛箫，因截紫竹所制，故名。

这首词用清新却又较为伤感的笔调勾勒了中秋时节月下的景色。而结尾处“总茫茫不关离别”一语又使全篇锦上添花。从这句看来词人伤怀的不单纯是“离别”，还有其他的隐忧。到底什么隐忧呢？末句用寒夜之笛声收尾，留给读者无限遐想。

百字令（废园有感）

片红飞减
甚东风不语　只催漂泊
石上胭脂花上露
谁与画眉商略*
碧甃*瓶沉　紫钱*钗掩
雀踏金铃索
韶华如梦
为寻好梦担阁*
又是金粉空梁
定巢燕子　一口香泥落
欲写华笺凭寄与
多少心情难托
梅豆圆时　柳棉飘处
失记当时约
斜阳冉冉
断魂分付残角

【注释与鉴赏】

商略：商讨。碧甃（zhòu）：青绿色的井壁，代指井。紫钱：指苔藓。担阁：担隔。

词人见到了废园之景而起愁怀，大有不胜今昔和不胜孤凄之慨。上片写暮春园里残败之景。下片描绘园中残败的光景，同时又抒发情感。园中只有小燕子依稀归来，而人却天各一方了，一切都物是人非了。所以下面便抒发这样孤独寂寞的情愁。结尾处再以斜阳残角之景收尾，就更增添悲凉伤感的气氛了。

摸鱼儿（午日雨眺）

涨痕添　半篙柔绿
蒲稍荇叶无数
台榭空濛烟柳暗
白鸟衔鱼欲舞
红桥路
正一派　画船箫鼓中流住
呕哑柔橹
又早拂新荷
沿堤忽转
冲破翠钱雨
蒹葭渚　不减潇湘深处
霏霏漠漠如雾
滴成一片鲛人泪
也似汨罗投赋
愁难谱
只彩线　香菰脉脉成千古
伤心莫语
记那日旗亭
水嬉散尽
中酒阻风去

【注释与鉴赏】

午日：五月初五日，即端阳节。呕哑柔橹：指船行水面橹篙划水发出轻柔的水声。翠钱雨：指新荷生出时所下的雨。翠钱，新荷之雅称。鲛人：神话传说中的人鱼。旗亭：酒楼。因悬旗为酒招，故名。

在端午的当日，词人遇到了雷雨，他在雨中远望，触景生情。前面描绘的景色并非显得哀怨凄清，而后面抒情则细腻委婉哀怨，前后形成对比，如此大的转折，更使这首词所抒之情深厚郁勃，沉致幽婉了。

忆秦娥（春深浅）

春深浅
一痕摇漾青如剪
青如剪
鹭鸶立处
烟芜平远

吹开吹谢东风倦
缃桃自惜红颜变
红颜变
兔葵燕麦
重来相见

【注释与鉴赏】

兔葵燕麦：形容荒凉景象。

纳兰用了“春深浅，一痕摇漾青如剪”来开头，真是心思灵妙。“深浅”，用在此处，是一偏义词，意思指深。最后，纳兰用“兔葵燕麦”这一意象压句，格外自然。

海棠春（落红片片浑如雾）

落红片片浑如雾　　蔷薇影暗空凝伫
不教更觅桃源路　　任碧飐*轻衫萦住
香径晚风寒　　　　惊起早栖鸦
月在花飞处　　　　飞过秋千去

【注释与鉴赏】

碧飐：指摇动着的花枝花叶。飐，颤动、摇动。

此篇空灵婉约，仅仅描绘了一幅月夜下孤单寂寥之景，词人的感悟全都要眇含蓄地表达在词中了。他怀念的或是所恋之人，或是美好的理想，总之都是在凝伫中期待，惝恍迷离，给人以朦朦胧胧的美感。

菩萨蛮（晓寒瘦着西南月）

晓寒瘦着西南月　　蜀魂羞顾影
丁丁漏箭余香咽　　玉照斜红冷
春已十分宜　　谁唱后庭花
东风无是非　　新年忆旧家

【注释与鉴赏】

瘦着：瘦削之意，月而为瘦，即弯月或月牙。蜀魂：指杜鹃鸟，传说此鸟是为蜀主杜宇（号望帝）之魂所化。

春夜将晓，春天已经快结束了。词人在这孤独凄凉的氛围里，一面怨“东风无是非”，将美好的春光吹走。时光总是那么不近人情，不经意间就将所有美好的事物结束了。一面又生发了“新年忆旧家”的伤悲。词朦胧委婉，由“寒”与“冷”的意象刻画的心理，突出了想念家乡的情怀，“蜀魂”这两句寓意委婉，其中有人有己，耐人寻味。

菩萨蛮（为春憔悴留春住）

为春憔悴留春住　　黄昏清泪阁
那禁半霎催归雨　　忍便花飘泊
深巷卖樱桃　　消得一声莺
雨余红更娇　　东风三月情

【注释与鉴赏】

盛冬铃在《纳兰性德词选》中说这首词：“残唐五代以来，多数词家认定‘词为艳科’，所作多涉闺情春怨，而此类作品又往往假托女子口吻，这可以说成了一种传统。纳兰这首《菩萨蛮》是伤春之词，细读词意，亦当是‘男子而作闺语’。而其‘消得一声莺，东风三月情’，‘深巷卖樱桃，雨余红更娇’云云，写得绘声绘色，独树一帜，当然是楚楚动人。”

菩萨蛮（雾窗寒对遥天暮）

回文*

雾窗寒对遥天暮
暮天遥对寒窗雾
花落正啼鸦
鸦啼正落花

袖罗垂影瘦
瘦影垂罗袖
风剪一丝红
红丝一剪风

【注释与鉴赏】

*回文：诗词中的一种修辞手法。即某些诗词字句，回环往复读之均能成诵。

这首词，不仅文字轻巧，所勾勒的是一幅雾气飘忽的冷寂画面，这让人十分喜爱。在初冬这个季节，轻吟这表达心情和物候的句子，感叹人生又何尝不是一场若有如无虚无缥缈的迷雾呢！

菩萨蛮（客中愁损催寒夕）

回文

客中愁损催寒夕
夕寒催损愁中客
门掩月黄昏
昏黄月掩门

翠衾孤拥醉
醉拥孤衾翠
醒莫更多情
情多更莫醒

【注释与鉴赏】

这首词为单句回文词，就是词中第二句均在第一句顺读的基础上转为逆向组合。而这迂回不定的格式，如同一直以来纠缠在纳兰内心的孤寂与忧伤，慢慢地，侵噬着他的内心，给人缠绵的感觉！

菩萨蛮（研笺银粉残煤画）

回文

研笺银粉残煤画*
画煤残粉银笺研
清夜一灯明
明灯一夜清

片花惊宿燕
燕宿惊花片
亲自梦归人
人归梦自亲

【注释与鉴赏】

*研笺句：指在压印有图案的信笺上，用银粉残墨写写画画。即无聊之极。煤，古代对墨的别称。

这种迂回往复的文字就好比在玩一场游戏，如果生活也只是一场

游戏，那该多好啊！这样，纳兰也许不会投入太多的情感，也不会太伤悲。

菩萨蛮（惜春春去惊新燠）

惜春春去惊新燠*
粉融轻汗红绵扑
妆罢只思眠
江南四月天

绿阴帘半揭
此景清幽绝
行度竹林风
单衫杏子红

【注释与鉴赏】

新燠：指天气刚刚变热。燠，暖、热。

这首词勾勒了初夏时节闺中妖娆女子叹春惊懊之景。其中刻画了女子的心理，也描写了女子妩媚的姿态，读完如同是看一组接连的仕女伤春图，淡雅清新，灵动自然。

太常引（自题小照）

西风乍起峭寒生
惊雁避移营
千里暮云平
休回首长亭短亭

无穷山色　无边往事
一例冷清清
试倩玉箫声
唤千古英雄梦醒

【注释与鉴赏】

这首词是词人题写在自画像上的，清新别致，耐人寻味。既然是自题，则颇有抒怀叙志的意味。但作为一种词体，又不能太直露。

太常引（晚来风起撼花铃）

晚来风起撼花铃
人在碧山亭
愁里不堪听
那更杂泉声雨声

无凭踪迹　无聊心绪
谁说与多情
梦也不分明
又何必催教梦醒

【注释与鉴赏】

“无聊心绪”是这首词所表达的主旨。词人具体是如何表达的呢？上片用风吹护花铃声，泉声雨声的“不堪听”去衬托。下片则径自抒怀。结尾处说不甚分明的梦境或可宽解，但恼人的声响又催人梦醒，这就加倍地写出词人百无聊赖的心绪。词中字句，一个“不堪听”，一个“谁说与”，一个“又何必”，皆能让读者心有不忍。

青玉案（人日*）

东风七日蚕芽*软
一缕休教剪
梦隔湘烟征雁远
那堪又是
鬓丝吹绿
小胜*宜春颤

绣屏浑不遮愁断
忽忽年华空冷暖
玉骨*几随花骨换
三春醉里
三秋别后
寂寞钗头燕

【注释与鉴赏】

*人日：旧俗农历正月初七为人日。*蚕芽：桑芽。*小胜：古代妇女头饰。*玉骨：形容女子清瘦秀丽的身架。

这首词上片描写景象，下片转入抒情。其最后三句是画龙点睛之笔，从空间上展开，更增加了哀婉伤感的底蕴。

忆王孙（暗怜双绁郁金香）

暗怜双绁*郁金香
欲梦天涯思转长
几夜东风昨夜霜
减容光
莫为繁花又断肠

【注释与鉴赏】

*双绁（xiè）：指郁金香成双成对。绁，拴、缚，此处指两花

相并。

此篇《忆王孙》是怀人之作，词里词外的意思，全是浮在那一枝并蒂郁金香上，清清幽幽捉摸不透，令人又喜又怜又怅惘。

忆王孙（西风一夜剪芭蕉）

西风一夜剪芭蕉
满眼芳菲总寂寥
强把心情付浊醪*
读《离骚》

洗尽秋江日夜潮

【注释与鉴赏】

浊醪：浊酒。

这首词虽然短小，但于愁绪中隐藏着郁勃之气，与纳兰其他的一些借酒浇愁的哀婉之作颇为不同，结句尤其有一种豪迈之气破空而来的感觉。

忆王孙（刺桐花底是儿家）

刺桐花底是儿家

已拆秋千未采茶
睡起重寻好梦赊*
忆交加
倚着闲窗数落花

【注释与鉴赏】

*赊：渺茫、稀少。

这是一首情趣盎然的小令，纳兰用了女性的口吻写就，短短三十余字，却将其中情致韵味描绘得活脱自然，明白如话。农家春光，是恬淡澄澈的。这个清新的农家女子，更是春光中最明快动人的那一抹温情。

于中好（独背斜阳上小楼）

独背斜阳上小楼
谁家玉笛韵偏幽
一行白雁遥天暮
几点黄花满地秋

惊节序　叹沉浮
秾华*如梦水东流
人间所事堪惆怅
莫向横塘问旧游

【注释与鉴赏】

*秾华：指女子青春美貌。

这首词描绘的是词人秋日里独自登楼时的耳中所闻，眼底之见。词人触景生情，叹其“所事堪惆怅”，既是“惆怅”，便更不要“向横塘问旧游”了，因为那样会更加愁上添愁。这样的结语余韵悠然，发人深思。

满庭芳（题元人《芦洲聚雁图》）

似有猿啼　更无渔唱
依稀落尽丹枫
湿云影里　点点宿宾鸿*
占断沙洲寂寞
寒潮上　一抹烟笼
全不似　半江瑟瑟
相映半江红

楚天秋欲尽　荻花吹处
竟日冥濛
近黄陵祠庙　莫采芙蓉
我欲行吟去也
应难问　骚客遗踪
湘灵杳　一樽遥酹*
还欲认青峰

【注释与鉴赏】

*宾鸿：鸿雁、大雁。*酹：以酒浇地，表示祭奠。

本词也是一首题画之作。上片摹写画图中的景象，下片抒写自己的情怀，仍旧是上景下情的作法，但是词中的景物只是作者依图所见而已。由词人所描写的情景来看，这是一幅秋日沙洲芦丛的群雁图，但这首词的主旨却不在这幅画上面，而是在“我欲行吟”以下所透露的感叹。

水调歌头（题西山秋爽图）

空山梵呗静
水月影俱沉
悠然一境人外
都不许尘侵
岁晚忆曾游处
犹记半竿斜照
一抹界疏林
绝项茅庵里
老衲正孤吟

云中锡* 溪头钓
涧边琴
此生着几两屐
谁识卧游心
准拟乘风归去
错向槐安回首
何日得投簪
布袜青鞋约
但向画图寻

【注释与鉴赏】

*锡：锡飞，僧人行走。

词人将所题之画作了传神的描绘，又于画景之中表达了自己的感受和心情。上片侧重于对图画中景物与意境的描写，下片侧重于刻画观画的感受与心情。根据此篇所表达的情趣来看，纳兰渴望像图画中的老僧一样去生活，同对也表达了愿望难以达成的矛盾与无奈的心情。

水调歌头（题岳阳楼图）

落日与湖水
终古岳阳楼
登临半是迁客*
历历数题名
欲问遗踪何处
但见微波木叶
几簇打鱼罾
多少别离恨
哀雁下前汀

忽宜雨　旋宜月
更宜晴
人间无数金碧
未许着空明
淡墨生绡谱就
待俏横拖一笔
带出九疑青
仿佛潇湘夜
鼓瑟旧精灵

【注释与鉴赏】

迁客：被贬斥放逐之人。

这首词也是一首题画之作。此篇打破了上景下情的常规，用词灵动而一气呵成，把图画中的景与心中的情交织融合为一体，于自然之中流露出对所画岳阳楼的极尽赞赏，同时也表明了对与岳阳楼相关人事兴衰的感慨，体现出词人胸中那郁勃雄健的气概。

生查子（散帙坐凝尘）

散帙坐凝尘
吹气幽兰并
茶名龙凤团
香字鸳鸯饼

玉局类弹棋
颠倒双栖影
花月不曾闲
莫放相思醒

【注释与鉴赏】

词中生动地描绘出了贵族家庭优裕的生活，这种场景的描写，在纳兰的词中是为数不多的。曾经读书之时，身边还有爱妻的相伴。纳兰以平稳自然的语气描绘场景，字里行间不见半分的感伤孤寂，想必那段经历是纳兰人生中最为幸福满足的时候吧。

凤凰台上忆吹箫（守岁）

锦瑟何年　香屏此夕
东风吹送相思
记巡檐笑罢　共捻梅枝
还向烛花影里
催教看　燕蜡鸡丝*
如今但　一编消夜
冷暖谁知

当时　欢娱见惯
道岁岁琼筵　玉漏如斯
怅难寻旧约　枉费新词
次第朱幡剪彩
冠儿侧　斗转蛾儿
重验取　卢郎青鬓
未觉春迟

【注释与鉴赏】

*燕蜡鸡丝：旧俗正旦之日，做节日食品。

上片写往年守岁时欢娱的情景，“如今”两句转写今日的孤独之感。下片承上片落句，延续对往年旧情景的追思。接下去转入此时心境和眼前之景的描绘，突出了物是人非的悲凉。最后之落句意蕴悠然，令人深长思之。

剪梧桐（新睡觉）

新睡觉
正漏尽　乌啼欲晓
任百种思量都来
拥枕薄衾颠倒
土木形骸　分甘*抛掷
只平白占伊怀袍
听萧萧一剪梧桐
此日秋声重到

若不是忧能伤人
怎青镜朱颜易老
忆少日清狂
花间马上　软风斜照
端的而今　误因疏起
却懊恼殢人年少*
料应他此际闲眠
一样积愁难扫

【注释与鉴赏】

分甘：本为分享甘美之味，后以之喻慈爱、友好、关切等。殢（tì）人年少：指被愁闷困扰之人。殢，困扰、纠缠。

这首词以赋法铺叙，语虽平直，但意含幽婉，不失为一首深致动人的佳作。本篇延续了纳兰词的特质，还是一首伤秋言愁之作。

明月棹孤舟（海淀）

一片亭亭空凝伫
趁西风霓裳遍舞
白鸟惊飞
菰蒲叶乱
断续浣纱人语

丹碧驳残秋夜雨
风吹去采菱越女
辘轳声断
昏鸦欲起
多少博山情绪*

【注释与鉴赏】

*博山情绪：指面对博山炉袅袅青烟而生起了几多烦恼。博山，指名贵香炉。

这首词上片写秋日海淀之景，下片写秋夜雨中之景。上片鲜活俏丽，下片凄迷落寞。上下片形成了强烈的对比。巨大的反差，更加突出了下片的凄迷落寞。

昭君怨（暮雨丝丝吹湿）

暮雨丝丝吹湿
倦柳愁荷风急
瘦骨不禁秋
总成愁

别有心情怎说
未是诉愁时节
谯鼓已三更
梦须成

【注释与鉴赏】

这首小词上景下情，词人只是轻轻地提笔勾抹，却一笔写尽深致情思，有道不尽之意让读者去咀嚼。本篇上下两片词都有一“愁”字，上片“瘦骨”是禁不起秋之凉，还是禁不起秋之萧瑟？究竟是什么原因才让词人此般形销骨立？恐怕亦是逃不开那个“情”字。

水龙吟（题文姬图）

须知名士倾城
一般易到伤心处
柯亭响绝　四弦才断
恶风吹去
万里他乡　非生非死
此身良苦
对黄沙白草　呜呜卷叶
平生恨
从头谱

应是瑶台伴侣
只多了　毡裘夫妇
严寒觱篥　几行乡泪
应声如雨
尺幅重披　玉颜千载
依然无主
怪人间厚福
天公尽付
痴儿呆女

【注释与鉴赏】

文姬：汉蔡文姬，名蔡琰，字文姬，博学能文，通音律。觱（bì）篥（lì）：古代簧管乐器名。出自西域龟兹，后传入内地。尺幅重披：尺幅，以小幅的绢或纸作画。披，披露、陈述。

这是一首题画之作。应该是一幅蔡文姬一人远嫁匈奴的画。因此，词人对她“万里他乡，非生非死，此身良苦”“玉颜千载，依然无主”的多舛命运表示深深的哀叹和同情。最后三句更对天公使天下“痴儿呆女”偏得“人间厚福”发出了不平之鸣。

赤枣子（惊晓漏）

惊晓漏
护春眠
格外娇慵只自怜
寄语酿花[*]风日好
绿窗来与上琴弦

【注释与鉴赏】

酿花：催花开放。

此篇以少女的口吻来描绘春愁春感，写其娇慵倦怠，又暗生自怜的情态与心理。一大清早的，漏声把人给惊醒了。但是，即使睡眠被扰，却依旧不愿意起床，一副小女子倦怠慵懒的赖床场景毕露无遗。而这一天，将又是一个风和日丽的好日子。这首小词深而婉，清丽自然。

赤枣子（风淅淅）

风淅淅
雨纤纤
难怪春愁细细添
记不分明疑是梦
梦来还隔一重帘

【注释与鉴赏】

又是一首伤春之词。春雨细霏霏，轻柔而细腻，就像一丝一丝蔓延在心上的忧愁。百无聊赖之时，我们总是放纵自己，睡得天翻地覆，以至混淆了现实和梦境，常有亦实亦虚之感。这首小令虽短小，但意境与情感清晰明白，词中所纠结的情况，引发读者颇有共鸣。

浪淘沙（闷自剔残灯）

闷自剔残灯
暗雨空庭
潇潇已是不堪听
那更西风偏着意
做尽秋声

城柝已三更
欲睡还醒
薄寒中夜掩银屏
曾染戒香消俗念
莫又多情

【注释与鉴赏】

柝（tuò）：古代巡夜时敲击之木梆。

本篇采取了翻转层进的表达之法，将所要抒发的感情表达得更加深透，更能使人浮想联翩。

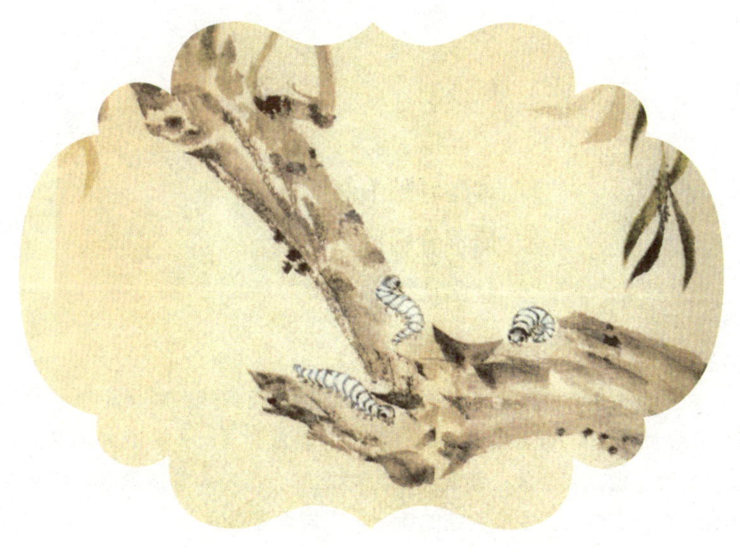

浪淘沙（秋思）

霜讯下银塘
并作新凉
奈他青女忒轻狂
端正一枝荷叶盖
护了鸳鸯

燕子要还乡
惜别雕梁
更无人处倚斜阳
还是薄情还是恨
仔细思量

【注释与鉴赏】

青女：司霜雪之女神。

本篇题作"秋思"，实则为伤离之情思。词人假以鸳鸯、燕子等不同情景之兴象，描绘离愁别恨之意。其实，我们的生活中，爱恨交织，孰是孰非又岂能说得清、言得尽呢？

临江仙（丝雨如尘云著水）

丝雨如尘云著水
嫣香碎拾吴宫
百花冷暖避东风
酷怜娇易散
燕子学偎红

人说病宜随月减
恹恹却与春同
可能留蝶抱花丛
不成双梦影
翻笑杏梁空

【注释与鉴赏】

这首词描绘的是暮春时节之景象，抒发了主人公愁病交加，万般无奈的情感。词中用“吴宫”“杏梁”等词，表达出了兴亡之悲，似乎这些场景都有着深藏的隐忧，十分耐人寻味。

蝶恋花（准拟春来消寂寞）

准拟春来消寂寞
愁雨愁风
翻把春担搁
不为伤春情绪恶
为怜镜里颜非昨

毕竟春光谁领略
九陌缁尘
抵死遮云壑
若得寻春终遂约
不成长负东君诺

【注释与鉴赏】

这首词在写法上以辜负春光、伤春亦不足惜来反衬，用转折的手法来衬垫，层层入深地抒写情怀，更突出了词人所要表达的意思。

酒泉子（谢却荼蘼）

谢却荼蘼
一片月明如水
篆香消
犹未睡
早鸦啼
嫩寒无赖罗衣薄
休傍阑干角
最愁人
灯欲落
雁还飞

【注释与鉴赏】

嫩寒无赖：嫩寒，轻寒、微寒。无赖，无情无义。

这首词婉约、流畅而美好。词中之景既是明丽的，也是缠绵的，景中有情，情中含景，浑然天成，一语道破闺中女子的幽思情愁。